*Los últimos días de Adelaida García Morales*

*Los últimos días de
Adelaida García Morales*

ELVIRA NAVARRO

LITERATURA RANDOM HOUSE

El papel utilizado para la impresión de este libro ha sido fabricado a partir de madera procedente de bosques y plantaciones gestionadas con los más altos estándares ambientales, garantizando una explotación de los recursos sostenible con el medio ambiente y beneficiosa para las personas. Por este motivo, Greenpeace acredita que este libro cumple los requisitos ambientales y sociales necesarios para ser considerado un libro «amigo de los bosques». El proyecto «Libros amigos de los bosques» promueve la conservación y el uso sostenible de los bosques, en especial de los Bosques Primarios, los últimos bosques vírgenes del planeta.

Papel certificado por el Forest Stewardship Council®

Primera edición: septiembre de 2016

© 2016, Elvira Navarro;
Casanovas & Lynch Agencia Literaria
© 2016, de la presente edición en castellano para todo el mundo:
Penguin Random House Grupo Editorial, S. A. U.
Travessera de Gràcia, 47-49. 08021 Barcelona
© 2016, Ruben Bastida, por las ilustraciones de p. 113

Penguin Random House Grupo Editorial apoya la protección del *copyright*.
El *copyright* estimula la creatividad, defiende la diversidad en el ámbito de las ideas y el conocimiento, promueve la libre expresión y favorece una cultura viva. Gracias por comprar una edición autorizada de este libro y por respetar las leyes del *copyright* al no reproducir, escanear ni distribuir ninguna parte de esta obra por ningún medio sin permiso. Al hacerlo está respaldando a los autores y permitiendo que PRHGE continúe publicando libros para todos los lectores.
Diríjase a CEDRO (Centro Español de Derechos Reprográficos, http://www.cedro.org) si necesita fotocopiar o escanear algún fragmento de esta obra.

Printed in Spain – Impreso en España

ISBN: 978-84-397-3203-7
Depósito legal: B-11.880-2016

Compuesto en La Nueva Edimac, S. L.
Impreso en Egedsa (Sabadell, Barcelona)

RH32037

Penguin
Random House
Grupo Editorial

*Para Charo Izquierdo*

Comprender no era suficiente para reconciliarme con tu existencia.

ADELAIDA GARCÍA MORALES

Una mujer se presenta en el despacho de la concejala. Es un cuarto desabrido, con tres ceniceros sobre una repisa de obra y varias estanterías atiborradas de cartapacios y libros cuyo tema es el propio municipio, hoy convertido en una ciudad dormitorio. Hay desde publicaciones del cronista local hasta un volumen de leyendas comarcales, pasando por un poemario infantil de una maestra jubilada que cuenta cómo los Reyes Magos llegan al pueblo para alegrar el árbol de Navidad de los hogares humildes.

La mujer que tiene ahora delante parece una pobre. No va sucia, pero algo en ella luce largamente descuidado, como la fachada de un edificio cuya pintura se deja caer. Se adivina que los moradores de esa finca aún tratan de convertir su interior en un hogar, aunque también puede colegirse, por el temblor de las luces que vierten las ventanas, que alguno se mete en la cama sin calefacción y sin cena.

A la concejala, en su mesa sobria y pintada muchas veces del mismo color marrón (las capas de pintura desprendida trazan discretas gargantas en cuyos pliegues va acumulándose el polvo), le abruman las pilas de papeles colocadas a su izquierda y derecha. Se lleva una mano a la frente antes de dirigirse a esa señora de aspecto descompuesto.

—¿Qué desea?
—Soy Adelaida García Morales.

La concejala se acuerda entonces de que Trini, la secretaria, le ha dicho que esa individua deseaba verla. Nunca ha logrado retener el nombre de la escritora más que para reconocerlo cuando alguien lo pronuncia y volver a olvidarlo al cabo de un rato. Es concejala de Cultura, pero hace años que apenas lee. Va al teatro todo lo que puede, y también a conciertos de flamenco, a la ópera y al cine; sin embargo, ya no encuentra tiempo para los libros. En las raras ocasiones en que se tumba en el sofá con una novela, su atención se dispersa. Se ha acostumbrado a que leer signifique picotear artículos de prensa, entrevistas o estados de Facebook. ¿Y podrá ser de otro modo mientras su cargo la obligue a estar al día de lo que ocurre en la política nacional y local?

Adelaida García Morales se ha personado varias veces cuando ella no estaba. Trini le ha advertido de que le falta un tornillo. Hace casi un lustro, motivada por su nuevo cargo en el consistorio, y porque alguien le comentó que había una escritora residiendo en la localidad, la concejala quiso saber quién era García Morales. La googleó, pero como no está al tanto de los códigos literarios y la entrada que le dedica la Wikipedia pinta escasa, no le quedó claro si se trataba de una autora relevante. Preguntó sobre sus libros en su círculo familiar y de amigos; sólo su marido la había leído. Éste le dijo que su éxito fue efímero. Más tarde, la regidora se enteró de que, durante un tiempo, una de las novelas de esa mujer figuró como lectura obligatoria en los bachilleratos de algunas comunidades autónomas. Ni siquiera el que se la hubiese incluido en ciertos manuales escolares –hecho que para la concejala aclaraba, al menos parcialmente, la importancia de su obra– le impidió olvidarse del nombre de la escritora.

Entran en la sala tres personas que conocían a Adelaida García Morales. Las paredes exhiben un gotelé sucio. Su único adorno es una fotografía antigua del Palmeral de Elche. La realizadora no se explica qué hace el Palmeral decorando el cuarto de visitas del Centro de Orientación y Dinamización de Empleo del Polígono Sur de Sevilla. Se siente azorada ante esas dos mujeres y el hombre, que la miran expectantes y con cierta incomodidad. Pero la incomodidad, piensa, es una proyección suya. A menudo fantasea con la hipótesis de que sucede ante ella lo que crea su cabeza, porque es como si se mascaran las causalidades, como si los hechos, que nunca pueden ser datos puros, contuvieran no obstante una interpretación inequívoca.

La sala se la ha facilitado su amiga Charo, que es socióloga. «Aquí tendrás buena acústica, y la cámara coge todo el sofá si la colocas junto a la puerta», le dijo cuando rodó en el barrio un documental sobre los realojos para la televisión autonómica.

—Siento haceros venir hasta aquí, pero es el mejor sitio que he encontrado para grabar. —Las dos mujeres y el hombre no chistan. Quizás para ellos salir en una película sea suficiente recompensa—. ¿Cómo habéis llegado? —continúa la realizadora.

Enseguida se da cuenta de que su pregunta esconde otra bien distinta, de que sus palabras apuntan al medio de transporte sólo para disimular.

—En el autobús —dice la mujer rubia.

—Me ha traído mi hijo. Era la primera vez que venía. Iba hasta con miedo —interviene la de melena cana y larga, apartada de la cara con dos horquillas naranjas un tanto infantiles, a juego con un collar del mismo color.

Estas breves llamaradas son la única excepción al gris del cabello y de su traje sastre.

—Yo he venido en coche. El Centro tiene su propio aparcamiento y me dijeron que por la tarde siempre hay plazas libres —dice el hombre.

—Empezamos a grabar en un minuto —avisa la realizadora.

—Pues espera, que me pongo en mejor postura —suelta con una risita la señora rubia. Saca pecho y hace un gesto entre coqueto y desafiante. Luego añade—: Vaya lugar. ¡Como para ir enjoyada!

La realizadora enrojece. Cae un extraño silencio en esa parte del polígono. El Centro de Orientación y Dinamización de Empleo es una isla. No hay cámaras, el vigilante es del barrio y le paran por la calle para pedirle trabajo, aunque tal cosa sólo ocurre cuando cruza la avenida. El edificio, con aspecto de caseta de obra, no deja de ser un gueto en el que no trabaja ni un solo gitano, y eso levanta una frontera que contradice la labor del Centro, como si luchar contra algo fuera la vía directa para reforzarlo. Por la avenida pasan pocos coches a pesar de que en los pisos se hacinan las familias. En lo que queda más allá del Centro de Orientación reina un bullicio de sillas sacadas a la calle, maleteros abiertos de los que sale el flamenco, cante de mujeres y niñas y hombres, chusneo, gritos de adolescentes a los que antes perseguían los trabajadores sociales para convencerles de que fueran al instituto, y que ahora vaguean en los portales y tiran las colillas de los porros en los cajetes secos, pues ya no hay dinero para pagar a los asistentes, ni para mantener ajardinados unos alcorques donde ningún árbol, flor o seto va a conservar sus raíces bajo tierra más de una hora. Todo se roba y se vende, y cuando no se vende pasa a formar parte del mobiliario de los abigarrados salones, o de patios de luz cuajados de trastos y gitanillas. La consigna es ésta: lo que se consigue de los otros tiene un valor de cambio o un lugar perdurable, y esto último no incluye el cuidado. Las cosas se almacenan con avaricia y se maltratan.

Cuando meses atrás se le ocurrió hacer un documental basado en Adelaida García Morales, lo único que tuvo claro es que Sevilla debía ser su escenario, pues el relato más célebre de la autora, *El Sur*, termina allí. Además, siempre ha leído esa historia como si fuese la biografía de la escritora. Durante semanas, mientras le daba vueltas a cómo abordar su película, deambuló por esta ciudad cercana al pueblo donde ahora reside, que en *El Sur* aparece descrita como «hecha de piedras vivientes, de palpitaciones secretas. Había en ella un algo humano, una respiración, un hondo suspiro contenido. Y los habitantes que albergaba parecían emanados de ella, modelados por sus manos milenarias». Aunque persiguió lo más vetusto de la metrópoli, pronto se rebeló contra su manera de buscar. Un mediodía de mayo se dio cuenta de que las casas antiguas que visitaba, con sus añosos patios de azulejo, las calles de adoquines, las fachadas blancas o de color albero saldrían en su documental como elementos demasiado folclóricos y alejados de la pátina desvaída, indeterminada, atemporal, de la Sevilla de *El Sur*. En sus relecturas para buscar ideas, la realizadora no dejó de admirarse de que ciertos lugares que en cualquier otra narración no podrían evitar sus resonancias turísticas, como Itálica, aparecieran en el relato de la autora pacense casi de puntillas, sin querer queriendo, tal que si se nombrara otra cosa. García Morales se escapaba de esas palabras manidas, olorosas a fino y a tienda de souvenirs, para enfocar rastros invisibles entre gruesos muros de piedra y sol inclemente e irreal, si bien la irrealidad de *El Sur* no tiene nada que ver con esa estampa insolada, sino con una inocencia a la hora de nombrar el paisaje, de crearlo desde el asombro y la soledad radical. Mientras hacía estas reflexiones, la realizadora se dio cuenta de que esa misma inocencia había acudido en su ayuda. Enseguida pensó en la luz de la habitación donde ahora se dispone a grabar, una luz que le gustó cuando estuvo filmando un encargo en el polígono. Decidió que, si hacía entrevistas, éstas tenían que estar impregnadas de la atmósfera de esa sala. La manera como la cortina filtra la luminosidad de primera hora de la tarde la llevó, la otra vez que trabajó aquí, a un lugar del norte, a una impresión de lluvia, de espera, de imposibilidad de las siestas porque el día se acaba demasiado pronto y no se le puede dar tregua. Y ahora, decidida ya a que otras voces convoquen a Adelaida García Morales, quiere recrear eso.

Empieza a rodar. Al cuarto donde ha dispuesto el set no llegan los ruidos. La claridad suave, a punto de iniciar su caída, da a las dos mujeres y al hombre un halo fantasmagórico que contrasta con lo que dicen, con la mundanidad de sus palabras, tal que si fueran espectros en una taberna para amenizar con chascarrillos a los parroquianos.

–Que no te preocupes, mujer. La gente se pone muy tonta con el polígono, pero tú tienes que hacer tu trabajo –dice el hombre.

La realizadora teme que el entorno se imponga en la conversación y que eso la obligue a tener que encauzarla a cada rato, lo que rompería su plan de evitar las intervenciones. No quiere que su voz salga en el documental, y tampoco que haya demasiados cortes. Si trocea mucho la grabación, el encuadre fijo del grupo dejará de tener sentido. Repite las pautas dadas poco antes a sus entrevistados en un habitáculo anexo, frente a una máquina de café, una botella de agua fresca y un plato con pastas (todos rehusaron la modesta merienda):

–Me gustaría que me contarais cómo conocisteis a la escritora y cuál era vuestra relación con ella. Podéis abordarlo del modo que queráis, no tenéis que seguir ningún orden. Olvidaos de que estoy aquí y charlad como si estuvierais solos. Como si hubierais quedado en una cafetería, por ejemplo.

–Uy, pero entonces tenemos que fingir. Eso es muy difícil, yo no soy actriz –dice la mujer rubia.

–No, no. Me he explicado mal. No tenéis que fingir nada. Sólo os pido que habléis tranquilamente, que no os condicione mi presencia. Sé que olvidaros de mí es complicado, pero…

—Yo la conocía desde hace años, porque su hijo y el mío iban al mismo colegio. Coincidíamos en la puerta. —La de las horquillas naranjas interviene con un tono de voz muy alto; parece tener miedo de que sus palabras no queden grabadas—. Ninguna madre sabía quién era. En cambio, yo la había leído. Me costó reconocerla. Cuando no había internet ni tanta tele, sólo sabías sobre las personas relevantes por los periódicos, aunque a mí la cara de Adelaida me sonó gracias a las fotografías de las solapas de sus libros, donde tampoco es que se la distinguiera muy bien. Se la veía un poco borrosa. Las imágenes estaban retocadas para que parecieran antiguas. Juraría que Adelaida había querido que sus fotos se asemejaran a las mujeres de sus historias, y que se lo había pasado bien posando y haciendo que sus retratos fuesen como máscaras. Le gustaba el disfraz. El carnaval. Tuve que preguntarle si ella era la escritora García Morales. Fue un día a finales de otoño y olía a lluvia. No lo hice porque quisiera conocerla. Nunca me ha gustado intimar con la gente a la que admiro porque luego me decepciona, aunque ella nunca me defraudó. Le pregunté quién era porque acabó dándome vergüenza mirarla de forma insistente, con esa cara de querer averiguar que pone una cuando no sabe de qué le suena alguien. Aunque tengo que decir que ella nunca se mostró molesta. Respondía a mi curiosidad con mucha calma. Incluso con expectación. A lo mejor se sentía halagada. No le pregunté nada de esto el día que me dijo que era Adelaida García Morales. Esa tarde me llevó a su casa a tomar un café mientras nuestros hijos jugaban en la cocina. Les dejó cacharrear y yo me acuerdo de mi miedo a que se clavasen un cuchillo. Adelaida se reía. Me decía que con sus hijos no temía nada. Me sorprendió que hablase tanto. En la puerta del colegio se apartaba de las otras madres, nunca se dirigía a nadie, y daba la impresión de que se había echado una carrera o de llevar deambulando unas cuantas horas. O de venir de algún lugar alto. Pensé que tendría que sudar para sacarle alguna palabra y que la conversación giraría en torno a los niños, porque de eso hablamos las mujeres que tenemos hijos pequeños cuando nos acabamos de conocer. Pero ella no habló de niños. Me llevó delante de un cuadro donde había un ángel de color amarillo y me contó una historia de una amiga suya con un sicario. Y luego de una anciana que coleccionaba tubos de pasta de dientes. Y después ya habló sobre ella.

La de las horquillas hace una pausa prolongada que puede ser una invitación a que los otros la releven, pero como no mira hacia ellos (ni siquiera se ha girado una sola vez en toda su intervención), el silencio resulta ambiguo y parece que esté contemplando su imagen en la cámara, lo que es, por otra parte, imposible. Hay un exceso de ceremonia en esa señora, y también (así lo juzga la realizadora) ganas de contar y sentido de la puesta en escena. El hombre, que no para de tocarse un bigote muy poblado y huele a colonia Álvarez Gómez, pone fin al silencio y a la postura ostentosa de la de las horquillas:

—Adelaida llegó a mi consulta enviada por su médico de cabecera. Los psiquiatras de la Seguridad Social tenemos más pacientes que los de la privada, lo que obliga a que las visitas sean breves. Y hay mucha movilidad. Cuando la vi por primera vez pensé que también iba a ser la última, porque se mostró muy esquiva. Me equivoqué; no faltó a ninguna cita. Presentaba un cuadro depresivo típico.

—Pues mira, yo puedo remontarme más lejos —dice la mujer rubia—. Íbamos juntas a las Teresianas. Ella se había criado en Badajoz y se vino a Sevilla con trece años. Llamaba la atención en el colegio porque era guapa y rara. Y muy inteligente. No estábamos en el mismo curso y no me acuerdo de cómo me hice amiga suya. Nunca he tenido buena memoria, y ahora, con la vejez, menos. Se me olvida todo. Aunque de una cosa sí me acuerdo: de cómo llevaba el uniforme. Las demás despreciábamos ir vestidas todas iguales, y siempre que podíamos nos subíamos la falda o nos colocábamos unas medias en vez de esos calcetines tan feos, pero ella procuraba llevar siempre el atavío de forma impoluta. Como si fuera una pieza de museo.

La realizadora no consigue centrar su atención en los entrevistados. Ahora mismo le interesa más lo que hay tras la cortina casi transparente que lo que le están contando. Tiene que hacer esfuerzos para no girarse y contemplar los edificios ralos de enfrente. Recuerda los días pasados en el barrio hace más de un año, en compañía de un educador que, para que no la considerasen forastera, la obligaba a mantenerse a su lado durante la visita a los pisos de los llamados indígenas: antiguos chabolistas que llegaron a las viviendas y las destrozaron.

Ha tenido muchas ideas sobre cómo abordar el rodaje de su documental. Finalmente ha triunfado el método del que le habló su amiga socióloga, el de las redes egocéntricas o personales. Para trazar una red, hay que entrevistar a miembros de algún colectivo y averiguar qué cosas se repiten en esas entrevistas y de qué manera se relacionan las repeticiones entre sí. En realidad, lo que le gustó de esa metodología fue su dibujo: nubes de curvas salpicadas por círculos de distinto color y tamaño. Se dijo que todo lo que construye una vida puede formar ese garabato loco sobre el que se infieren distintos relatos, y que su relación con la autora puede asimismo reseñarse de ese modo. Se le ocurrió que una adaptación de ese procedimiento era una entrevista no dirigida por ella, pues eso impediría, o dificultaría demasiado, cualquier azar, los nudos no previstos. Para ello tenía que juntar a varias personas que pudieran hablarle sobre Adelaida García Morales. Excluyó a familiares y a gente muy cercana con unas opiniones demasiado conformadas sobre la autora. Eligió a testigos periféricos, de los que cabía suponer que no habrían hablado a menudo con ella por no formar parte de su círculo próximo. Le resultó fácil encontrarlos. Averiguó cuál fue el centro de salud de la escritora, y una vez allí, quién había sido su psiquiatra; se personó en el colegio donde estudió y le dieron el contacto de una teresiana muy viejita, antigua maestra, que mantenía un contacto regular con la mujer rubia; le escribió a la de las horquillas naranjas una respuesta a una entrada de su blog, Los Círculos Azules, dedicada a la difunta. El post se encabezaba así: «Querida amiga».

—¿Qué desea? —repite la concejala.

—Sólo pido cincuenta euros para poder visitar a mi hijo en Madrid.

Le molesta la actitud defensiva de la escritora. Tiene que hacer un esfuerzo por mantenerle la mirada; la tal Adelaida despide una mezcla de furia y miedo, como si dudase entre echar a correr o dar patadas a los muebles. A pesar de ello, la concejala abandona la idea de decirle a Trini que entre al despacho para hacer un frente común contra esa perturbada. Deja de mirarla a los ojos; mientras simula cavilar, se detiene en la americana negra de la autora. Descubre unas manchas. Al principio pensó que esa mujer no iba sucia y ahora diría exactamente lo contrario. El error, concluye, se debe a la cara. Tiene el rostro tan impoluto (una luminosidad lúgubre la atraviesa) que le recuerda a una pastilla de jabón. A una limpieza radical y sin humor que huye de encubrir, por pecaminoso, el olor acre de la lejía con el de las flores silvestres. La concejala vuelve a fijarse bien en las manchas, que conforman un reguero blanco parecido a los restos de espuma de las olas en la orilla del mar. ¿Y si se trata de detergente? ¿Y si la escritora es en efecto tan exagerada con la higiene que echa más Ariel de la cuenta en la lavadora? ¿Y si incluso le gusta, en su locura, presumir de hasta qué punto enjabona su ropa? Aparta este pensamiento, pues siente que no es suyo, sino de la persona que tiene delante. Le pasa a menudo lo de sentir que algunos pensamientos no los produce su cabeza. Es algo a lo que no se acostumbra y que la trastorna.

Está a punto de darle los cincuenta euros de su bolsillo. Sin embargo, la invade la aprehensión. Aunque haya caído en el olvido, esa mujer antaño fue conocida. Darle cincuenta euros se puede leer como lo que en efecto es: un intento de quitársela de encima. Y eso a la concejala no la beneficia. ¿Qué pasaría si con esos cincuenta euros la escritora se compra un veneno para suicidarse? ¿No está chiflada? ¿Quién le asegura que nadie va a enterarse de que es ella quien le ha dado el dinero sin habilitar otros mecanismos? Está claro que el tipo de ayuda que la autora necesita no es sólo económica. Y que ella, la concejala, hace un servicio público y le corresponde poner en marcha los procedimientos oportunos. En eso consiste parte de su trabajo: abrir diligencias que la mayoría de las veces no conducen a ningún lugar porque no hay demasiado presupuesto ni (esto es lo que menos hay) interés en gestionar adecuadamente los pocos recursos con los que cuentan. Como en cualquier otro empleo, muchos de los trabajadores sólo aspiran a cubrir el expediente. Y la tarea de los políticos es simular que los problemas se resuelven gracias a sus trámites. A sus reuniones. A sus declaraciones. A los documentos que firman. Se trata, en fin, de dar la impresión de que se hacen cosas. Basta con esa impresión para dejar que la responsabilidad se diluya en la falta de dinero o en una burocracia destinada a imposibilitar cualquier asunto. O directamente en la corrupción.

Pero hay algo más fácil: decirle a la escritora que acuda a los Servicios Sociales.

—Cultura no puede darle dinero, señora. Nuestros gastos han de estar justificados, y que usted tenga que visitar a su hijo no es una actividad cultural. Debe dirigirse a los Servicios Sociales.

—Pero yo soy escritora. Son sólo cincuenta euros. Puedo devolverlos. Se los pediré a mi hijo en Madrid y se los traeré. ¡No necesito gastármelos en mí!

La concejala deja de temer que la situación se torne más violenta. Es obvio que a la autora le faltan las fuerzas, y también —y esto sí es un pensamiento suyo, uno de esos que tendrían que haber sido evidentes y que por ello producen un resplandor a su llegada (alumbran una escena que estaba en verdad iluminada, pero que no se veía bien por un problema del observador, por unas cataratas que de repente se curan)— que los ataques de esa mujer siempre son contra sí misma. Que su autodestrucción jamás se resuelve hacia fuera. La concejala opina que uno se construye o se destruye solo, y que la única excepción a esto son los azares extremos, como un accidente de avión. Ha conocido a mucha gente parecida a la escritora. Su padre se mató con el alcohol. Había sido un abogado del departamento jurídico de Telefónica, y a los cuarenta y cinco años estaba ya desahuciado. No existían razones que explicaran tal descalabro, eso se dice la concejala, que tiende a calibrar los acontecimientos sin tener en cuenta el contexto en el que se producen, las personas contra las que impactan. La vida de su padre, estima cuando habla de él, no había sido peor que la de otros hombres de su generación. Un matrimonio tedioso, un trabajo asumido sin entusiasmo ni vocación, pero llevado adelante con eficiencia hasta que llegaron la pérdida de sus capacidades mentales y una ascitis que había que drenar cada diez días. Luego todo acabó con un fallo hepático. Ella se niega a asumir que las causas de ese tipo de desmoronamientos se puedan justificar; su manera de aferrarse a un sentido común que califica a veces de «racional», a veces de «mayoritario», la lleva a una intolerancia que muchos consideran boba, pero que no es más que la negación de su padre y de todos los que se le parecen. Por ejemplo su hermano, recluido desde hace seis años en un psiquiátrico. Su cerrazón conlleva que ella misma se juzgue muchas veces como estúpida. Sabe que en su falta de comprensión hay más un rechazo que una verdadera incapacidad, pero se para ahí, no desea ir a los motivos. En los días más osados, piensa que no ha sido una casualidad haber acabado en Cultura y verse obligada a estar cerca de lo que censura. Los artistas, con su inconformismo, su debilidad y su tendencia al desorden, le recuerdan a su progenitor. Muchos de ellos son pedantes y borrachos, y ella intuye que la desprecian, que reniegan de los programas culturales que su equipo propone por considerarlos de bajo nivel. Sin embargo, no aspira a estar en otra concejalía. En el fondo la atrae todo lo que no quiere entender. Pero le gusta mantener lejos esa fascinación. La disfraza de otras cosas. Jamás la reconocerá porque eso la forzaría a abandonar el autoengaño. La escritora que tiene ahora enfrente, y que se ha destruido al igual que lo hizo su padre, no parece alcohólica. Su abdomen hinchado no presenta las características de la ascitis. Está simplemente gorda. Descuidada. Va sin maquillar y con la mitad del pelo blanco, como si se hubiera olvidado de la existencia de las peluquerías. Le calcula setenta años. Debe de recibir algún tipo de pensión, pero no se atreve a preguntárselo. En lugar de eso, insiste:

—¿Por qué no acude a los Servicios Sociales?

—Soy escritora, toda la vida he trabajado para la cultura. Sólo quiero cincuenta euros.

—Pero eso no le da derecho a pedir dinero en una concejalía. ¿O se cree que los artistas pueden recibir dinero de Cultura cuando se les antoja?

Suda. En la habitación hay un aparato de aire acondicionado que sólo se pone en marcha los días de mucho calor. El Ayuntamiento es un edificio construido después de la Guerra Civil, típicamente andaluz, o sea, de estilo regionalista, con muros gruesos que resisten bien los embates del sol estival. Después de tres meses en los que los termómetros no han bajado de los veintisiete grados por la noche, sólo está recalentado en la segunda planta. La concejalía de Cultura ocupa la habitación peor amueblada del primer piso, y cuando hay alguna reunión de alto copete se trasladan a la sala de juntas, que a la regidora le recuerda a un anuncio de televisión de los años ochenta donde una bayeta se deslizaba sola, con dos de sus picos haciendo de patitas, sobre una mesa enorme a la que se le aplicaba un producto de nombre rimbombante. La mesa de la sala de juntas es tan grande que las reuniones destilan algo ridículo. Parece que los asistentes tengan que sobreponerse a la presencia de un gigante. A la concejala le dan ganas de llevar a esa sala a la escritora. Allí esa mujer acabaría marchándose.

—Espere un momento —dice. Se levanta dificultosamente de la silla. Con el sudor se le han pegado los muslos al escay–. Trini, ven –añade abriendo la puerta; Trini se asoma al despacho, es una cuarentona regordeta de pelo corto y ropa anticuada–. Explíquele a esta señora los trámites para solicitar una ayuda de los Servicios Sociales. Quiere cincuenta euros para visitar a su hijo.

—¿Es usted la escritora? –le pregunta Trini, que no se espera a ver el asentimiento de Adelaida.

Va de inmediato a por los papeles. La escritora dice:

—Ya he visto a esa mujer muchas veces. Todos los días en los que he venido a pedir los cincuenta euros, pero quiero que me los den por Cultura. No quiero los Servicios Sociales. Yo he venido a Cultura.

—Siempre ha venido usted fuera de horario –le responde la concejala, que toma asiento y suspira.

—Es un favor que le hacemos –dice Trini cuando entra en la habitación–. Tendría que ser usted la que fuera a los Servicios Sociales a rellenar este formulario.

La concejala se acerca por detrás a Trini y le susurra que la escritora no está en sus cabales. Trini asiente. La escritora mira los papeles que Trini rellena, y su rostro no muestra preocupación ni curiosidad ni, en verdad, nada, excepto un ensimismamiento del que sale cuando Trini le pregunta su DNI.

—No lo sé –responde.

—¿No lo lleva encima?

—No.

—Pues entonces no podemos seguir adelante con el trámite. Vamos a hacer una cosa: le doy los papeles, los rellena en su casa y me los trae mañana. Yo los dejo luego en los Servicios Sociales. ¿Conforme?

Trini no se espera a que la escritora conteste. Le busca una funda de plástico para el formulario y se lo entrega con esa diligencia típica de quien tiene como máximo valor la eficacia. Ni siquiera se despide. Abandona la habitación como si la esperasen en el mostrador colas de escritoras a las que rellenar instancias. Adelaida tampoco se despide; tan sólo vuelve a repetir que no quiere los Servicios Sociales, sino Cultura, mientras se va, mirando el formulario. Desde la ventana, la regidora la ve alejarse, y sólo entonces le parece extraño que no haya llegado asfixiada con esa pesada chaqueta negra bajo el sol del mediodía. De hecho, y aunque no ha tocado a la escritora, de súbito sabe que su cuerpo está helado, y que ella ha empezado a transpirar no por el calor ni por el escay de la silla, sino por el miedo ante la gelidez mortuoria de esa mujer que parecía venir de algún lugar remoto y nevado, o del interior de un frigorífico.

Pasan los días y se olvida de Adelaida García Morales. Lo que más le importa, el contar con una testigo de que ella ha hecho los trámites, está solucionado, y si esa señora no vuelve con los papeles para los Servicios Sociales es cosa suya. Ni siquiera se preocupa de preguntárselo a Trini hasta que en una reunión con la consejera de Igualdad ésta le saca el tema. La de Igualdad es una feminista pesada que enseguida quiere que alguna asistente social vele por la escritora. Es entonces cuando la concejala le pregunta a Trini y ésta le dice que García Morales no le ha traído los papeles. ¿Debe hacerle caso a la consejera y enviarle una trabajadora?

Como sigue teniendo miedo de que la acusen por no proteger a esa autora famosa, o exfamosa, decide hablar con una de las asistentes.

—Es imposible acercarse a esa pobre mujer –le dice la trabajadora social dos días después–. Se ha puesto a gritar que no quiere nada para ella, que sólo desea ir a ver a su hijo a Madrid, y me ha cerrado la puerta. He conseguido su ficha médica; está en tratamiento por depresión. Su médico de cabecera me ha comentado que lleva tiempo intentando convencerla de que pida ayuda, pero ella se niega. En fin, no podemos obligarla.

La concejala asiente satisfecha. Ahora sí he hecho todo lo que está en mi mano, piensa. Nadie puede culparme por no haberle prestado socorro. Su marido opina lo mismo que la trabajadora: «Hay que respetarla; la imposición no es el camino», dice.

Deja de preocuparse por el asunto el 15 de septiembre. Nueve días más tarde, recibe un WhatsApp de la consejera de Igualdad: «Adelaida García Morales ha muerto. ¿Al final se le gestionó la ayuda?».

Lee el mensaje varias veces. Primero atónita. Luego con angustia. Por un momento, masca en el ambiente una calma chicha previa a un desastre íntimo, silencioso, acuciante, secreto. La tensión se apodera de la estancia, como si los muebles y los cartapacios se crisparan. La regidora se enfada. Piensa que la consejera la está acusando indirectamente de la muerte de la autora. Busca obituarios en internet, y no encuentra más que uno breve en un diario local. «Pero ¿no era tan conocida esa escritora?», dice en voz alta. Pasa de la furia al miedo. Un miedo radical, como si quedara al descubierto lo peor de sí misma y esto fuese algo espantoso: tráfico de influencias, haberse quedado con partidas de dinero que habrían salvado a cinco compañías de teatro e impedido que sus directores se suicidaran. No ignora que sus pensamientos se han ido de madre, y por ello ni siquiera llama a su marido para que la consuele. Ya sabe lo que le va a decir. Es probable que incluso el WhatsApp de la consejera no busque acusarla de nada. No le quedan ansiolíticos y pide cita con su psicóloga. Ésa es la única llamada que hace en tres horas. Lleva siete meses sin ir a consulta; había creído que estaba curada de sus ataques. Desde que tiene un cargo político, el terror que siempre ha sentido a que le pidan cuentas, lo que en su cabeza la convierte en culpable aunque no haya hecho nada, se le ha disparado. Tras dos años de terapia, ha logrado llegar a los plenos sin desear declararse responsable de todos los errores del Ayuntamiento. Se avergüenza de la irracionalidad de su conducta, para la que, como le sucede con la autodestrucción de su padre, no encuentra explicación posible. Por este motivo, nadie, excepto su psicóloga y su esposo, sabe que le dan estos ataques. A ella misma le cuesta todavía reconocer que no tienen un origen *lógico*, que la realidad (su realidad) no posee los atributos que ella piensa que debería tener. Durante mucho tiempo, prefirió comportarse como una mártir antes que asumir que sus pavores eran sólo una consecuencia de sus ficciones. Sin embargo, su lado práctico la llevó, diez meses después de ser elegida concejala, a una terapeuta, pues su actitud resultaba tan ridícula que se jugaba el cargo y el respeto en el consistorio.

Trata de aferrarse a los hechos. ¿Ha faltado algo en sus diligencias? ¿Puede ese algo ser un elemento decisivo en el fallecimiento de la escritora? Cada pocos minutos, refresca la búsqueda en Google —«Adelaida García Morales muere», «Adelaida García Morales muerte», «Adelaida

García Morales muerte causas»— mientras mentalmente reproduce las conversaciones con la escritora, con Trini, con la consejera feminista. Ahora no es capaz de leer nada sobre la trayectoria de la autora; sólo le interesa averiguar qué le ha puesto fin. Se detiene en las fotografías, aunque sería más preciso decir que éstas la asaltan, que las imágenes se imponen de un modo absoluto, al igual que la música en una discoteca. Adelaida García Morales era alguien que llevaba toda la vida peinándose de la misma manera, con el pelo recogido y la raya en medio. De joven, el peinado le hacía parecerse a las mujeres de los cuadros de Julio Romero de Torres, luego, a los cuarenta y muchos, a una monja, y más tarde, ya vieja, a una portera o a cualquier otra profesión que implique estar siempre con una fregona en la mano. Tenía, se dice la concejala, el aspecto de pasarse un estropajo por la cara. Al mismo tiempo, y debido a la gordura, a que no sonreía nunca y a que las facciones se le habían vuelto duras, exhalaba algo feroz, como si ese ser que en su juventud y madurez parecía tan espiritual se hubiera tornado en algo salvajemente grosero. En las fotos de sus últimos años da la impresión de acabar de meterle un puñetazo a alguien, pero también de estar enajenada y mustia.

Cuando la noticia aparece en *El País*, a la concejala se le acelera el pulso y se le entumece el brazo derecho. Está a punto de sufrir un ataque de pánico. Lee esperando encontrar en el artículo algo que confirme su culpabilidad, pero en éste no pone nada sobre la forma de morir de la autora, salvo que el deceso había acontecido dos días atrás. Llevaba muerta desde el 22 de septiembre. Este dato la aterroriza. Se imagina a la escritora víctima de una caída de la que podría haberse dado el aviso antes si una trabajadora social la hubiese visitado a diario.

Decide responder al WhatsApp de la consejera. «¿Se sabe de qué ha muerto?» «No.» «¿Ha sido enterrada?» «No sé nada, sólo que murió.» Calcula: si la defunción tuvo lugar hace dos días, por fuerza ha tenido que ser enterrada. «¿Cómo se le ocurre a esa familia ocultar el hecho?», musita. Piensa que haberse personado en el funeral habría sido su salvación. Le vuelve a escribir a la consejera: «Se ha muerto sin un homenaje». Se arrepiente en el mismo momento en que su dedo se posa sobre el icono de enviar. Lo que de verdad habría querido escribir es: «¿Crees que conviene hacerle un homenaje?», pero para variar se ha acusado. «Ahora ya no tiene remedio», le responde la consejera. «Le vamos a hacer un homenaj...», teclea la regidora, y se queda ahí, ante el mensaje inconcluso con el que pretende demostrar su autoridad. Un dicho de su madre la ha detenido: «Cuanto más remueves la mierda, más huele».

Lleva una hora grabando y la realizadora ya sabe a qué atenerse con las dos mujeres y el hombre. Sobre la de las horquillas naranjas y el pelo gris ha cambiado varias veces de opinión. Al principio, parecía la más capaz de aportar datos valiosos sobre Adelaida García Morales, pero con el transcurso de la conversación lo que prometía ofrecer ha sido hipotecado por lo que la mujer aguardaba de los otros. Como si no estuviera dispuesta más que a confesarse a medias si no ocurrían determinadas cosas. Esa mujer aún confía en ser escuchada y acogida de una manera especial, y a tal fin despliega comentarios interesantes, pretenciosos a ratos, sin dejar de dar la impresión de que podría revelar algo importante. La rubia, por su parte, se muestra sencilla. Tiende a perderse en nimiedades, y aunque le agrada seducir, no espera a que esto ocurra para ser generosa. El hombre mantiene las distancias amparándose en su condición de psiquiatra. Es el único que menciona todo el tiempo su oficio. Hay poca implicación personal en sus intervenciones, y la realizadora no sabe si simplemente está cumpliendo con el secreto médico o es que se escuda en la asepsia del experto para no comprometerse.

–Tenía la casa con las persianas echadas. Casi a oscuras. Es cierto que la perseguía ese efecto de la luz que puede observarse en sus retratos, como si le gustara vivir siempre en penumbra, pero no creo que sea algo buscado, salvo en las fotos, claro. No era tan teatral. Se trataba de otra cosa… –dice la de las horquillas naranjas.

–No sé si vivía o no a oscuras, pero, sea como sea, eso es típico de pacientes depresivos. No toleran bien la luz. Es un reflejo del estado en el que se encuentran: ensimismados y sin querer saber nada del exterior –comenta el psiquiatra.

–Es verdad que estaba como atontada –interviene la mujer rubia–. Y desde hacía tiempo, sí señora. No sé cuánto, pero yo apostaría que mucho. ¡Y decía cosas estrambóticas! El dinero no le alcanzaba. Vivía de una pensión chiquita. Aunque a mí no me parece que lo del dinero la haya puesto tan mal. Lo de ella venía de lejos. Estaba siempre tristona. Yo la conocí así. Cuando íbamos a las monjas ya se la veía. Todo el rato con ese afán de apartarse… Yo era amiga de una prima suya muy chistosa. Una niña bien que me invitaba a comer dulces en la mejor confitería de Sevilla. ¡Cómo nos poníamos de torrijas en Semana Santa! Antes no les echaban esa crema de ahora… Mi abuela me decía cuando me veía estudiar: ¡Que te vas a poner mala con tanto libro! Pues eso pasaba con Adelaida. Luego estuve años sin verla. Lo menos veinte. Una vida. Y nunca he sabido demasiado, ni siquiera tras retomar la amistad. Como contaba tan poquito… Ya había tenido los hijos cuando me la volví a encontrar. Y dos maridos. Uno muy guapo; a mí me gustaba buscarlo por internet y enseñarles a mis hijas su buena planta.

–A mí sí me contaba historias sobre ella –suelta con retintín la de las horquillas naranjas.

—¿Qué historias?

Es la cuarta vez que la rubia hace esta pregunta ante la declaración de saber más que nadie de la mujer de las horquillas, quien respira sonoramente enarcando las cejas y suelta, dirigiéndose sólo a la realizadora, tal que si ella fuese la única digna de escucharla:

—A veces creo que eran fantasías. Pero otras... Me llamaba por teléfono y me decía que había venido a verla Adam, y cuando yo le preguntaba quién era Adam, ella me respondía que se trataba de un sátiro. —Hace una pausa para comprobar el efecto de su revelación—. Primero pensé que se habría echado un ligue que se llamaba Adam, pero luego... Y tenía que ser alguien muy extraño para visitarla, tal como ella tenía la casa...

—Es cierto que la casa estaba manga por hombro —interrumpe excitada la rubia—. Y no era el síndrome ese de la gente que no tira la basura. Hasta en los últimos tiempos, cuando se pasaba el día viendo la tele, no dejaba la basura sin sacar. Y no había mucha suciedad. Qué va. Tenía mérito estando como estaba, ¿sabe? Lo que parecía es que hubiese gatos revolviendo los cajones. Llegabas y te lo encontrabas todo tirado. Hasta le pregunté si habían entrado a robar. Era violento ver las cosas así por el suelo... Y luego metía los libros en las cajas y todo volvía a estar medio decente, aunque esto lo hacía cada vez menos. Se cansaba enseguida. Y la mirada, que ya no tenía brillo. Yo me he fijado en que esto ocurre cuando se está muy perdido, y también a la gente que se va a morir. A mi padre y a mi madre les pasó. Y a mi hijo, pobre mío, que en paz descanse. Mi hijo ya no sabía ni dónde ponía los ojos.

La de las horquillas va a retomar su hilo; debe de estar sorprendida por que la mujer rubia no haya comentado lo de Adam, sino lo de tener la casa desordenada. Ya ha tomado aire para hablar, pero el hombre la interrumpe, lo que la lleva a soltar un bufido.

—Una depresión se caracteriza en ocasiones por activar mecanismos psicóticos. Se da en casos graves —dice el psiquiatra—. Adelaida estaba metida en una muy profunda, aunque no me consta que delirase. Le había recetado medicación fuerte y a veces se olvidaba de tomarla. Era hostil. Eso me preocupaba. Le prescribí también una psicoterapia, pero ella desconfiaba de los psicólogos y fue sólo a tres sesiones.

La luz ya es muy tenue. La realizadora ha traído un reflector y un caballete para proyectar mayor claridad desde fuera; el cambio será sutil en la imagen si no deja pasar más tiempo. El sol está a punto de situarse en un declive que va directo hacia la noche. Duda: ¿y si es mejor que los rostros empiecen a oscurecerse ya? Sabía, desde que planeó la grabación, que el no recurrir a la luz artificial le iba a crear problemas, pero no anticipó lo insoportable que le resultaría la incertidumbre. La angustia que de repente trepa por su cuerpo y la lleva, por un momento, a no escuchar, es extrañamente parecida a la historia de García Morales. Le entran ganas de fumar y trata de agarrarse al lenguaje, a las palabras que la señora de las horquillas pronuncia con afectación. Esa mujer le caería mal si no fuera porque pertenece ya a su película. Cuando graba a alguien con su cámara, se siente responsable de esa persona, y eso diluye lo que detesta de ella.

—… zarpa —dice la de las horquillas, que está cada vez más envalentonada, o quizás tan sólo furiosa por no acaparar la atención. Si durante un buen rato no ha querido soltar prenda, ahora se ha pasado a la estrategia contraria—. Como de oso. Algo muy raro. Llegué a pensar que era Adelaida quien había hecho eso con sus manos, pero no tenía heridas en las uñas. Luego imaginé que debía de haber usado un rastrillo de cuatro dientes. Estaba tatuando la casa, dejando sus marcas, como si las paredes y el suelo y los objetos fueran su piel.

—Eso a lo mejor lo has soñado y ahora te confundes… —La insinuación de la mujer rubia es recibida por la de las horquillas con una mueca de odio tal que la realizadora teme una discusión; sin embargo, el asunto se queda en ese gesto petrificado mientras la rubia habla—. Seguramente no encontraba las cosas y le daba por revolverlo todo. Voy a decirle algo: con noventa y tres años, mi abuela perdió la cabeza. Se creía que queríamos robarle y se ponía como loca. Escondía los cubiertos, y cuando la descubríamos, los tiraba al suelo. Pensaba que íbamos a hacerle daño. Al final a Adelaida le pasaba algo parecido. Se figuraba que éramos enemigos suyos.

En los días sucesivos, la concejala consigue los teléfonos de algunos amigos de la escritora pertenecientes al mundo de la cultura, a los que da el pésame y habla de un posible homenaje, aunque sin concretar nada porque todavía no está segura de que sea lo adecuado. Luego se compra en una librería de viejo *El Sur seguido de Bene*. «El Sur» aparece escrito con letra más grande que «Bene», y el «seguido de» va con unos caracteres pequeños; poner los dos títulos juntos pero indicando que las obras son independientes le recuerda a los sencillos. Aún conserva unos cuantos singles en vinilo. No tiene tocadiscos; sus singles tan sólo poseen una función estética en las estanterías de su salón. Cree que leer *El Sur seguido de Bene* le ayudará a prepararse para las decisiones que tendrá que tomar en las próximas jornadas. Al mismo tiempo, la impresión de que no va a hacer falta organizar nada se ha tornado poderosa. Han ido saliendo más necrológicas; al fin descubre, para solaz suyo, que la escritora falleció por una insuficiencia cardiaca, lo que en su imaginario equivale a una muerte inevitable. Todas las remembranzas han hablado de la retirada de la autora, de su vida sigilosa y apartada, de su éxito primero, tan fulgurante y anómalo, de su fracaso final.

La edición adquirida es de 1995. Se trata de la vigésima. Cuando salió al mercado, se cumplía una década de la primera tirada. Se sorprende de los comentarios laudatorios de la contracubierta. Luego, al calcular la edad de García Morales cuando se comercializó esa edición, tanta oda al futuro prometedor le resulta siniestra y mentirosa. O trágica. La escritora tenía entonces cincuenta años, pero las alabanzas hablan de ella como si fuese una joven que acabara de sacar su primera obra. Según lee en la biografía de la solapa, ya había publicado cinco libros más. Echa de menos una contextualización de las loas, como por ejemplo: «De *El Sur* y *Bene* se dijo».

Empieza a leer cuando su marido se va a la cama. Le gustan la escritura sencilla y el tono intimista, pero como cabecea, decide dejarlo para el día siguiente. Calcula que podrá echarle a la novelita unas cuantas horas en su trabajo; tiene por delante una semana de tranquilidad en el Ayuntamiento, y aunque teme que la vean enredada con un libro, quizás finalmente deba organizar el homenaje. Cobra, pues, sentido que le dedique la mañana de despacho a *El Sur*.

Cuando llega a la Concejalía tras un desayuno frugal, advierte que se le ha olvidado el libro. El hecho no la perturba; en verdad, y para su sorpresa, se ha levantado con la impresión de que esa lectura no le es imprescindible. Además, puesto que, según los obituarios, *El Sur* había sido publicado como consecuencia del éxito, en 1983, de la película basada en dicho relato y dirigida por el entonces marido de la escritora, Víctor Erice, se le ocurre que lo conveniente es ver la película. Vuelve a rastrear artículos sobre García Morales en internet con cierta ansiedad. Cuando sale de trabajar no se va a su casa. Telefonea a su esposo y le dice que coma solo, que ella va a llegarse a la Fnac y que picará algo por el centro. Quizás también aproveche para visitar a su madre.

No las tiene todas consigo delante de los expositores. Barrunta que un film inspirado en un texto de esa mujer con aspecto de portera ha de ser demasiado marginal para encontrarse en una cadena como la Fnac, y que las necrológicas, que tampoco han sido tan numerosas, deben de haber exagerado las virtudes de la artista y de todo lo relacionado con ella. Por eso se asombra cuando, tras preguntar a un dependiente, éste le señala un estante donde se destacan tres clásicos del cine español: *Plácido*, *Viridiana* y *Furtivos*. La colección a la que pertenecen se llama Filmoteca Fnacional. La concejala, ignorando el carácter de archivo de la palabra «filmoteca» y privilegiando su impresión de repertorio de películas imprescindibles, piensa, tras un primer vistazo, que la actualidad es pretenciosa. ¿Achero Mañas equiparado a Luis Buñuel? Entre esos deuvedés está *El Sur* de Víctor Erice. En cuanto ve la carátula, sabe de qué película se trata. La certeza le produce ese vértigo propio de no reconocer un lugar por el que se ha transitado toda la vida. Siente que ha caminado con una ceguera extraña: la de no haber relacionado lo que siempre ha sabido con lo que quedó a oscuras, con lo que no se fijó en su memoria por haber sido, en ese lejano momento, un dato irrelevante.

Los dieciocho recién cumplidos, el afán por distinguirse, que se apagó pronto, y la curiosidad. Acuden a su cabeza imágenes vagas: una casa grande, un paisaje serrano, un coche antiguo, el ambiente nubloso y decrépito, el tapizado verde con olor a humedad de los asientos de una sala de arte y ensayo. Hace treinta y un años ella acababa de entrar en la universidad, y durante una temporada frecuentó un cine donde ponían películas de Saura, Pasolini, Godard, Berlanga, Fellini… Antes de apuntarse a aquellas excursiones promovidas por algunos compañeros de su facultad, desconocía el llamado cine culto o de autor. Mientras le duró el afán de pertenecer a aquel grupo de jóvenes con inquietudes culturales y políticas, se estuvo peleando con su propio gusto. La mayor parte de las películas de autor le resultaban aburridas. Sus opiniones, manifestadas con inocencia, fueron censuradas por sus amigos con fiereza y desdén, y en ella nació un rencor que perduraría a lo largo de los años, cuando ya ni siquiera veía a aquellos muchachos ante los que se sintió inferior. Durante mucho tiempo, al calor de su resentimiento, mantuvo argumentos tales como que una obra maestra debía seguir parámetros parecidos a, por ejemplo, *Lo que el viento se llevó*, que era compleja, pero que podía ser entendida y disfrutada por cualquiera. Y cada vez que se ha visto expulsada de lo que suele entenderse como «cultura» –¡ella, que ahora ejerce como concejala de tal!– se ha consolado de una forma íntima, diciéndose que qué sentido tiene un arte que, a pesar de sus virtudes, no logra entusiasmar más que a los iniciados. En el fondo siempre ha sabido que su argumento es tramposo, aunque sólo sea porque omite el resto de los vectores que confluyen en lo memorable. Pero ahora no está de humor para la autocrítica. *El Sur* de Víctor Erice no la llegó a ver. Dejó de ir a ese cine y de alternar con esos amigos justo cuando la película comenzó a anunciarse entre los visionados próximos de la sala. Recuerda que, antes de romper con esos colegas, trató de informarse un poco sobre ella solo por que no la tacharan de ignorante. Le gustó el cartel, y está segura de que no supo nada sobre la obra de Adelaida García Morales en la que se basaba. El nombre de la escritora sólo aparecería en su vida muchos años después.

Agarra el deuvedé con desgana. Se siente absurda. El cajero le guiña el ojo. La concejala imagina que la película tiene escenas eróticas y trata de devolverle la complicidad con una sonrisa estreñida.

Tras comer unas croquetas frías de pescada que su madre guarda en la nevera, sale al calor de Triana de las cinco de la tarde. Se monta en el coche y pone rumbo a Las Doce Rosas, la urbanización donde reside. En una hora, su marido partirá para sus clases de natación y de inglés. Quiere aprovechar su ausencia para ver *El Sur* a solas. Está harta de que su esposo le diga que es una acomplejada.

Su casa conserva el frescor del aire acondicionado. Se prepara un café bombón con hielo, ojea el librillo que viene con el deuvedé y baja las persianas. Le gusta encerrarse a oscuras con una película. Desde que se han comprado la pantalla grande, el placer se ha vuelto vicio. Ha visto así muchas series y un sinfín de comedias. Que las series se hayan puesto de moda entre ciertas élites culturales —ha leído en los diarios declaraciones de algunos intelectuales y artistas donde se afirma que la innovación narrativa está ahora en las series de televisión— le ha devuelto en parte la confianza en su criterio. Las comedias las prefiere clásicas porque el candoroso humor de Hollywood la reconforta. No comenta con casi nadie que también está al tanto de las comedias románticas actuales. Las feministas del Ayuntamiento la humillarían si se enteraran. «¿Cómo una mujer que tiene un cargo político puede divertirse con esa burda reproducción de los roles de género?», dice una insufrible vocecita en una escena con la que fabula malsanamente. Siempre se imagina que es la de Igualdad la que suelta eso en mitad de un pleno, frente al alcalde y a la de Relaciones Humanas, que no es del partido, tiene dos carreras y un cuerpo tan pequeño que hace pensar en esa enfermedad en la que los niños envejecen de forma prematura. Para la concejala, ver una comedia romántica es echar una canita al aire. Quiere mucho a su marido, pero lleva desde los diecisiete años con él, y hace doce que lo ve más como un hermano que como una pareja. Éste es otro de los problemas que arrastra en sordina, sabiendo que no va a hacer nada para resolverlo porque le parece que los matrimonios no pueden acabar de otra manera. Y además la menopausia está a la vuelta de la esquina. Muy pronto el sexo va a pasar a un segundo plano.

No puede decir que le sorprenda la estética del film. Puesto que ha proyectado unas expectativas desmedidas y contradictorias sobre él (que fuera extravagante e ininteligible; que fuera pretencioso y malo; conocer mejor a Adelaida García Morales; que intuitivamente la condujera a tomar alguna determinación sobre el homenaje; que en efecto se tratara de una obra maestra de las que a ella le resultan infumables pero que esta vez lograse sintonizar íntimamente con esa maestría y desquitarse así de la sensación, tantas veces experimentada, de que el problema es suyo por no saber acceder a esas formas de arte superiores o más sofisticadas; que fuera de una falsa exquisitez y que ella desvelase la farsa a través de argumentos sólidos que le servirían, de ahora en adelante, para desarmar otras obras del mismo estilo), le desconcierta el efecto que le produce. Para empezar, ya no es sólo que emparente *El Sur* con otras películas de finales del franquismo y comienzos de la democracia, sino que el ambiente de la cinta le resulta muy familiar. Ese ambiente, se da cuenta ahora, es inconfundiblemente español, si bien no sabría nombrar una característica que no pudiera asimismo pertenecer a una película de cualquier otro país. ¿Por qué, por ejemplo, esos campos yermos son tan españoles?, se dice, ¿acaso no son iguales a una estepa rusa? Parte del Mediterráneo está lleno de vegetación, el norte está lleno de vegetación, incluso media meseta está llena de vegetación. Y, sin embargo, eso es para ella lo inequívocamente patrio: el páramo. La película le parece un poco lenta y de argumento simple: una niña se obsesiona con su padre, médico, zahorí y eterno insatisfecho obligado a vivir una posguerra amarga con una familia en la que se siente un extraño, lo que le lleva al suicidio. Ni la lentitud de la película ni la simplicidad de su argumento le molestan demasiado. Tampoco la voz en off. La mantiene en tensión su empatía con la protagonista. Se identifica con esa joven que en nada se asemeja a la adolescente que ella fue, y menos aún a la adulta que es. Quizás su identificación se deba a que detesta al padre, Agustín, tan imbécil como el suyo, cuyo drama le resulta vulgar. Sólo la hija, se dice, hace grande al padre. Sólo ella construye un mito en torno a una tragedia de segunda: la de un niño bien borrachín que se pelea con el patriarca y tiene una familia cuya normalidad detesta. Como si antes hubiera tenido una Gran Vida, o una promesa de ella. Pero ¿en qué consiste una Gran Vida? En la película, la promesa del Algo Mejor se encarna en un antiguo amor con una actriz. ¿No es una catástrofe mayor la de la esposa, una maestra represaliada? La concejala se queda asimismo prendida de esa parsimonia de la provincia que ella conoció durante su infancia y adolescencia en Sevilla, y que había olvidado. Sevilla, se dice, también era el norte. En las tardes de invierno no parecía que viviera en el sur, y en todo caso norte y sur se presentaban como cosas móviles, que venían y se iban con el frío y el calor. Vuelve a experimentar con fuerza los olores y la quietud de los descampados donde jugaba, la presencia nítida y extraña de las cosas, cómo era acariciar la hierba alta. La cinta la lleva a sus sensaciones primeras, incluida la vez que estuvo en una cama con su padre. Se metió entre sus sábanas en una de esas ocasiones en las que su padre se quedaba durante días en el catre de la habitación para invitados. Tenía once años y había ido a decirle que, si él quería, podían estar bien los cuatro: su madre, su hermano, él y ella. Su padre no contestó y fue entonces cuando ella se coló bajo sus sábanas y permaneció allí al menos un minuto. Su padre no se movió y ella tampoco. Fue como darle la mano, o como los perros dejando el hueso de trapo a los pies de su dueño, y también, y al mismo tiempo, un gesto en el vacío que ella no comprendió nunca, un hueco que se llenaría con significados que vendrían después, como ese del incesto a raíz de que una prima suya le pasara un fragmento de uno de los diarios de Anaïs Nin en el que ésta cuenta una relación sexual con su padre. Aunque la concejala no había sentido jamás una atracción de esa clase por su progenitor, y más bien habían sido la impaciencia, la lástima y la desesperación las protagonistas de su gesto, el recuerdo se había teñido de una inexplicable tensión erótica. Asimismo, no sabe en qué momento la remembranza del episodio infantil vino con la idea de que ella, durante ese breve tiempo en que estuvo acostada en el catre, se había puesto del lado del padre, traicionando a su madre y a su hermano. Hay un significado aún peor que también la ha perseguido durante años, el de ser la doble de ese hombre alcoholizado, razón por la cual se habría echado junto a él imitando su mutismo y su postura, en un reconocimiento corporal de su verdadera condición. Si así fuese, ella figuraría en la película de su vida como una pálida doble cuya misión, escrupulosa y oculta, consistiría en ser todo lo contrario de lo que su padre había sido. Reforzaría de este modo, por la vía negativa, su figura («Me convertí en un cómplice secreto»; «A mi silencio él respondía con el suyo, aceptaba el juego para demostrarme que su dolor era mucho más grande que el mío»). Ahora que tiene ante sí la escena en la que Agustín baila con su hija el día de su primera comunión —la niña vestida de blanco como una novia—, lo que la asalta de nuevo es la deriva incestuosa y el asco. Experimenta además cierta envidia de la fuerza que, a pesar de todo, encarna ese hombre del film, una envidia relacionada con todas las veces en las que ella ha estado delante de fuerzas similares sólo para sentirlas ajenas y despiadadas con su mansedumbre e ignorancia («¿Qué hace ahí en el desván?», pregunta la hija. «Si no le dejáramos en el desván, papá perdería su fuerza», le contesta la madre).

Estima que, si le gusta la película, ésta no debe de ser tan buena, lo que choca con su convicción de que una buena película ha de gustarle a todo el mundo, así que mientras la ve, mientras se desliza con gozo por esas imágenes, piensa alternativamente que la película es buena o simplemente correcta, pero en ningún caso una obra maestra. Duda de su criterio, o gusto, de la misma manera que duda del criterio, o gusto, de los expertos y no tan expertos. Durante un rato la apena que la situación excepcional de estar a solas con *El Sur* no la lleve a concluir nada definitivo sobre su valor. Quiere una iluminación. Una certeza. Este afán por la seguridad la mete de nuevo en el pozo que son su despacho, las reuniones, ¡la decisión que ha de tomar sobre Adelaida García Morales en el próximo pleno! En ese momento, en la pantalla, una desgarbada Icíar Bollaín trata de borrar con algo que agarra del suelo una pintada de contenido amoroso sobre el muro de su casa. La pintada es obra de un muchacho que la llama por teléfono para amenazarla si no le corresponde con su amor. El chaval se muestra muy agresivo. La concejala tiene la impresión de que la trama va a desembocar en la típica historia de la chica acosada. Se sorprende cuando ese hilo es triturado por la indiferencia de la protagonista. Su sola decisión de no sentirse hostigada torna en ridícula la amenaza, la aplasta como si fuera un mosquito. ¿Y si la realidad también funcionara así? La idea, degustada durante largos segundos, la llena de poder. Si deseaba que alguna fortaleza la alcanzase, esto es lo más parecido, aunque enseguida se marchita para dar paso a un batiburrillo de emociones y recuerdos. Piensa con desazón en su padre, y luego en su madre, y luego en las croquetas frías de pescada, que ahora se le repiten porque llevaban demasiada cebolla. También se le repite Rafaela Aparicio, una de las intérpretes de la cinta que murió sola y olvidada a pesar de haber sido la típica celebridad simpática. La película, se dice, está montada sobre una ausencia. Trata de emular el estado mental al que apunta la escena en la que el padre enseña a la hija a usar el péndulo. No pensar en nada, vibrar con las oscilaciones. Ahora ya no recuerda sobre quién se ha dicho que su carácter es propicio a las fantasías. ¿Lo afirma la hija sobre el padre o sobre sí misma? En verdad ha relacionado inmediatamente esa observación con Adelaida García Morales. Ésta es otra de las aseveraciones de la película que no va a olvidar en mucho tiempo: «Todas las novias tienen cara de tontas».

Censura una de las escenas finales: la del padre charlando con la hija tras una comida en un hotel. Ese diálogo es demasiado prosaico comparado con el estado onírico en el que tienen lugar las conversaciones anteriores, de una parquedad casi alucinada, rota sólo, y con naturalidad, por Rafaela Aparicio. El parloteo era una condición de aquella actriz a cuyo velorio apenas fueron unos cuantos compañeros de profesión. No tiene sentido, reflexiona la concejala, que de súbito padre e hija se pongan a hablar con tanto realismo. Desaprueba además cómo el padre le muestra su debilidad a la hija, y no porque le parezca mala su franqueza, sino porque se está emborrachando. La hija está ahí más cerca que nunca de la miseria de su padre, y ese espectáculo habría convenido ahorrárselo.

—A lo mejor eso que llamas zarpa fue que arrastró un mueble. ¡O todos los de la casa! A veces le daba la ventolera de cambiarlos de sitio.

La mujer rubia ríe. Luego se calla y se pone muy seria; parece que acaba de censurarse por hablar con ligereza de una muerta. La luz ha declinado tanto que los rasgos de los entrevistados se atenúan. Los surcos en torno a los labios se suavizan, ya no hay manchas ni grumos de rímel. Un rato más y comenzarán a parecer fantasmas. Exagera, sí, aunque le encantaría que esas tres personas se fuesen difuminando hasta quedar en la penumbra y desaparecer. Que sólo hubiera voces, como en una captura de psicofonías, para convocar a una difunta. Acordaron al principio lo que iba a durar la grabación, pero ninguno ha mirado la hora; si los deja hablar, puede que sigan, sin importarles la oscuridad. Piensa en esas tardes larguísimas de verano en las que una familia se sienta en torno a una mesa y van acudiendo las visitas; con tanta cháchara nadie se acuerda de prender la luz. Eso es lo que le gustaría registrar. Que ese momento en que la escena queda a oscuras llegase solo, que ella no tuviera que proponerlo, que esos cuerpos no mostraran urgencia por irse.

—Los pacientes depresivos suelen estar desmotivados, aunque algunos tienen episodios de gran actividad que son igualmente patológicos. Se convencen de que modificando algo cotidiano va a cambiar su situación. Es una conducta que todos tenemos. Sin embargo, cuando se enmarca en el contexto de una patología, adquiere unas dimensiones distintas, normalmente muy exageradas.

–Perdone, pero qué simples son las explicaciones de ustedes los especialistas. –La mujer de las horquillas naranjas y el pelo gris al fin explota. La realizadora aún no acaba de ver qué le molesta más a esa señora: que los otros le roben el protagonismo o que digan cosas que ella desaprueba. ¿Y por qué se encara con el psiquiatra y no con la rubia, que es hacia la que ha mostrado mayor animadversión?–. No ha dicho nada de Adelaida –continúa–. Nada de nada. Se limita a abstraer su conducta y a repetir que la depresión tal y que la depresión pascual, pero ¿sabe qué significaba?

–Señora, yo no me dedico a extraer significados. Eso lo hace un psicólogo. Yo soy psiquiatra. Ni más ni menos que eso. Evalúo las conductas de mis pacientes dentro de un marco y les receto medicamentos para que se estabilicen. Ahí se acaba mi trabajo. Ya dije que le había prescrito también una terapia con un psicólogo y que Adelaida sólo fue a tres sesiones.

–¡Es ahí donde dice usted algo de ella! ¡Que no quería ir a terapia! ¡Ahí sí! –insiste la mujer de las horquillas, furiosa.

La realizadora teme que el desencuentro les lleve a no querer seguir conversando. ¿A quién debe dar la vez para evitar que la reunión se disuelva? ¿A la de las horquillas?

–Pilar, cuéntenos más sobre Adelaida, a mí me interesa mucho lo que pueda usted decirnos.

Ha roto su pacto de silencio y le parece que su voz tiene un efecto negativo sobre la escena. Como si se tratara de un enorme foco proyectado sobre los rostros. La de las horquillas ha bajado la ceja izquierda y despliega ahora esa actitud de falsa humildad de quien codicia ser aceptada a toda costa. La realizadora intenta no modificar su sonrisa.

–A mí no me gusta hablar por hablar –dice la de las horquillas–. Que quede claro. Pero es que yo aquí no veo más que palabrerío. No le temo a la verdad, ya lo he demostrado antes. Y a lo mejor es que Adelaida me eligió porque yo era la única que podía comprenderla. –A la realizadora la imbecilidad de la mujer la empacha hasta desistir por unos segundos de su idea de prolongar la grabación hasta la noche. Esta bruja, se dice, sería un fantasma insoportable, una voz ridícula y atroz–. Porque yo nunca he jugado con ella ni tengo ahora miedo de revelar lo que le sucedía.

–Por favor, señora, que yo... –interrumpe la rubia.

–Déjeme hablar, que yo no la he cortado a usted. Pero usted a mí sí, y con muy malas maneras. Me ha dicho que todo eran figuraciones mías. ¿Qué se ha creído? Sé más de lo que pasaba que ustedes. Adelaida me contaba a mí las cosas. Vivía por la noche. Rebuscaba por los cajones y los muebles los movía. Si entrabais en su casa os helabais aunque fuera verano, porque se le había colado el frío e iba a visitarla esa criatura, y ella no sabía de dónde venía su voz y por eso apartaba los muebles, porque le parecía que salía de detrás de la pared. Estaría delirando tal vez, como ha dicho el señor psiquiatra, pero zanjar así el asunto, como si no hubiera nada que añadir sobre ese delirio... ¿Qué quiere decir que una mujer como ella acabase creyendo que veía a un sátiro? ¿Y qué eran esas huellas por toda la casa? Porque no sólo estaban en el suelo del salón...

—Yo creo que la pobre perdió la chaveta y ya está, no hay que darle tantas vueltas —comenta la rubia.

La mujer de las horquillas naranjas se queda estupefacta durante unos segundos. Luego vuelve a la carga.

—¡Y usted frivoliza tanto como él! —grita—. ¡No hay ninguna diferencia entre lo que ustedes dos dicen! El uno creyendo que tiene mucha sapiencia y la otra con esa ramplonería... ¡y es lo mismo! ¡Hacéis lo mismo con ella!

La realizadora suspira. Esas voces tranquilas evocando algún suceso insólito desde una oscuridad aún más insólita han acabado componiendo un sainete en el que unos vecinos mal avenidos discuten. Dice:

—No se altere, Pilar. Lo que pretendo es recoger testimonios sobre Adelaida. Si usted puede aportar una versión más profunda, se lo agradeceré mucho.

El psiquiatra no disimula su hartazgo. Mira repetidas veces la hora en su móvil, y la pantalla le ilumina el rostro. El efecto le gusta a la realizadora, que ha perdido la visión de conjunto. De súbito sabe que eso mismo le va a suceder con todo el material que reúna, y que luego el montaje consistirá en hacer encaje de bolillos con una sucesión de momentos que para ella serán todos el culmen de algo. No le desagrada la idea.

—Pues ella decía que la visitaba Adam. —La mujer de las horquillas vacila; muestra debilidad por un momento y luego regresa a su gesto adusto—. Por vuestra culpa ya no puedo hablar de esto sin que resulte cómico, y no es eso lo que Adelaida se merece.

—Se lo ruego, señora, continúe —interviene, a pesar de su impaciencia, el psiquiatra—. Vamos a escucharla con mucho gusto.

Su voz suena circunspecta, como si estuviese en la consulta ante una paciente. La realizadora piensa que tanto ella como él han acudido al mismo recurso para tolerar a esa mujer: ampararla bajo el manto de la profesionalidad. Eso es lo que más agradece haber aprendido, y no por compasión, ni siquiera por quitarse problemas de encima, sino porque le permite ir lejos cuando trabaja con personas. También el psiquiatra necesita ir lejos en la exploración de los enfermos. Aunque ¿y si lo que están intentando hacer ahora con esa mujer es callarla? ¿Y si a lo que la mujer se resiste es a ser catalogada por la mirada de ellos? Se formula estas preguntas como mero juego. Le parece evidente que la de las horquillas se empeña en minar el campo. Con todo, se dice que quizás haya que dejar la puerta abierta a la hipótesis de que sean ellos quienes, desde el principio, la estén juzgando de una manera inadvertida; quienes hayan mirado con aprensión su atuendo y sus horquillas naranjas, por ejemplo, para concluir que está loca. Dos horquillas naranjas generando un contexto de enajenación, circunstancia por la que ahora la mujer se achanta sin renunciar a sus razones. Quizás sólo es la autoridad que le infunde la voz del psiquiatra lo que la conduce a mostrarse un poco más serena. O tal vez se trate de que ya no tiene dónde agarrarse para seguir ofendida.

—Pues ya que insiste, yo tampoco he querido darle importancia, pero es verdad que una vez me asusté mucho —dice por sorpresa la mujer rubia, y los demás se quedan expectantes. Un miedo inesperado y viscoso se instala en la habitación. Cuando la realizadora esté montando el documental y trabaje con esta toma, recordará que el desasosiego que todos sintieron se debió al cambio de rol de la mujer rubia. Hasta el momento, la rubia no había sido sino ese personaje de los periódicos y los telediarios que siempre responde a los periodistas con la cantinela de que el asesino era una persona normal, muy educada, gran amante de sus hijos y su perro–. Me dio miedo, sí señora. Pero he intentado buscarle una explicación e incluso olvidarlo. Y no quería hablar de esto aquí… Llegué un día a verla; le llevaba un flan porque ella era muy golosa. Últimamente no comía más que unas galletas rellenas de chocolate de Mercadona. Se alimentaba sólo con eso, así que le hice el flan. A mí me sale rico, y es un alimento que tiene huevo y leche. Hay que comer un poco de proteína, ¿no? Me abrió y la vi peor que otras veces. No sabría decir por qué. Como si le hubiera dado un yuyu. O como si yo la asustara. Creí que me iba a decir que me fuese, pero me invitó a pasar. Puse el flan sobre la encimera. Había poco espacio en la cocina, muchos trastos, y yo estaba congelada, como si aquello fuese una heladera. Olía a podrido. Le pregunté cuánto llevaba sin sacar la basura, y me acuerdo de que entonces lo vi, me acuerdo muy bien; era una pata metiéndose por debajo de un armario, una pata como de cabra, qué sé yo. Me puse a chillar. También pensé que debía de ser un insecto grande. Una escolopendra. Son unos bichos muy feos que pican… Adelaida vivía cerca del campo y era fácil que le entrase cualquier cosa… Encontré arañazos en los muebles. Podían ser de gato, aunque a mí me pareció que aquello lo había hecho un animal más grande, y que Dios me perdone. Era como si tuviese una bestia encerrada en la casa.

—¿Lo ve? —grita la mujer de las horquillas—. ¡No son invenciones mías! Adelaida me contaba todo aquello, ese tal Adam que la visitaba… Decía que su voz era la de un diablo, era la voz del diablo, y Adelaida pasó encerrada con esa voz los últimos meses… Ese ser, ese bicho… le decía cosas terribles, la hacía hacer cosas que… Ella aseguraba que la voz iba ocupando las habitaciones una por una. Primero su cuarto; la pobre llevaba durmiendo en el salón qué sé yo cuánto tiempo, y no podía hablar de esto con nadie, sólo conmigo, ¡conmigo!, porque yo no le iba a decir que aquello era mentira, que lo que contaba era mentira; yo podía ver los efectos de esa voz en ella, y luego a veces aparecía, eso decía Adelaida, que aparecía y que era igualito a las pinturas de sátiros, con patas de animal; me contaba que era como si hubiese echado a andar el cabrito de la cena de Navidad, y que un día ocupó también la cocina y fue por eso por lo que sólo comía galletas, porque aquella cosa se había trasladado allí y no le dejaba usar los fogones, sí, hasta que al final el bicho se fue también al salón, aunque sin abandonar el dormitorio y la cocina. Entonces ella ya no tuvo dónde meterse, salvo en el baño. Allí se pasaba las horas para no escuchar al monstruo, ¿se imaginan? Hora tras hora en ese baño estrecho, hasta que se cansaba y no tenía más remedio que escucharle, y cuando le escuchaba era cuando él le decía que tenía que hacer rituales absurdos… Adelaida se ponía como loca, conseguía velas de una iglesia, esas velas que llevan imágenes de vírgenes o que tienen dibujada una cruz; la voz le mandaba ultrajarlas, los rituales eran violentos, seguramente por eso la casa estaba así, al retortero, con los muebles cambiados de sitio. Sólo cuando hacía lo que le pedía la voz se callaba, pero para entonces Adelaida estaba exhausta. No hacía nada, salvo tumbarse en la cama y no salir, qué difícil era sacarla de allí, y además tenía miedo de que la voz volviera y la obligara a hacerles algo a quienes iban a verla. Ese diablo, Adam, le aseguraba que un día iba a atacar a las personas que la visitaban. Él no deseaba a nadie en la casa, así que ella estaba cada vez más huraña y apenas te dejaba pasar del recibidor. Bueno, eso a veces, porque otras no quería que te marcharas; a mí me decía que mientras yo estuviera allí la voz no hablaría, aunque por si acaso me llevaba al baño. Así fueron nuestros últimos encuentros, yo sentada en un taburete y ella en el borde de la bañera. Me contó que salía al camino. Por las noches salgo al camino, me dijo. Al principio no supe a qué se refería. Me imaginé una secta que se llamara el camino. No os creáis que yo no pensaba a ratos que estaba metida en algo, o que el delirio no era más que eso, un desvarío. Pero desde que murió sé que el desvarío también era ella. No un simple delirio. A lo mejor es verdad que se trataba del diablo. ¿Qué sabemos nosotros? El diablo. El caso es que me dijo que iba al camino. Lo repitió varias veces y entonces caí en la cuenta. El camino. Era un camino rural, no daba más que a campo seco y a un cementerio viejo. Llegaba hasta Don Rodrigo, y ella iba por la noche al cementerio; saltaba la tapia y pisaba las lápidas; entonces no oía la voz, sino otras que le hablaban calladamente. Sin ruido. Me hablan como siempre han sido mis pensamientos, me dijo, siempre así. Decía que eran las voces de los muertos. Que caminaba como si la tierra estuviese a punto de hundirse y ella fuera a ser tragada, y que eso la aliviaba. Que un árbol salía de una tumba, que había muchos niños enterrados allí, no sabes lo que son esas criaturas, me dijo; despiden frío pero no se tiene frío junto a ellas, al contrario. Me dijo también que dos vagabundos dormían en la parte trasera del camposanto, y que una vez, sin darse cuenta, había arrancado las flores de plástico de un sepulcro. Una noche se percató de que la voz estaba por todos lados, de que la llevaba dentro. Del suelo se levantaban cenizas procedentes de los crematorios, y cuando no había luna caminaba arrojándose a los brazos de la oscuridad, sin saber dónde pisaba, con las manos extendidas hacia delante, como si estuviera ciega, como en un sueño en el que no se ve nada y hay que reptar para no caer en un pozo. Pero ella no se caía, sino que se topaba con la tapia del cementerio, y entonces prendía una de esas velas que robaba en la iglesia, adornada con una Virgen a la que le había dibujado un par de colmillos. Como una niña pequeña. Referirlo aquí tiene algo de ridículo, pero cuando lo contaba me daba miedo. No por sí mismo, sino por lo que expresaba sobre la decadencia de Adelaida. Para quienes la habíamos conocido antes verla así... Yo luego me la imaginaba por el campo, de noche; el pueblo ya es casi un suburbio y los caminos no son seguros. No sé por qué le gustaba más salir en las noches sin luna. Casi completamente a oscuras. Me decía que no importaba, pero a mí me asustaba que la descubrieran andando sola, de madrugada, hasta un camposanto que se caía a pedazos, no sé; la confundirían con una mendiga y eso la salvaba, ella misma debía de dar miedo, además iba envalentonada, lo sé porque cuando me lo relataba le cambiaba el carácter, como si todo tuviera sentido para ella ahí, haciendo esas barbaridades. Me daba pavor aunque al mismo tiempo no me atrevía a decirle nada; si ella estaba bien así, quién era yo para meterme, para traerla de vuelta, si de todos modos ya no podía volver, pues la voz no le dejaba y en el camino se sentía más viva que nunca, eso decía, que retornaba a lo que había sido, aunque fuese la voz la que mandaba... En fin, que yo no lo sé, pero...

–Disculpe. Ya que las cosas han llegado hasta aquí, me permitiré decir que, si es verdad que Adelaida tenía alucinaciones y escuchaba voces, no creo que proceda hacerlo público. –El psiquiatra suena duro. Al mismo tiempo, tiene también algo risible. A la realizadora de repente le recuerda a los chicos relamidos de cuando ella iba a catequesis, a esos muchachos de parroquia con la camisa abotonada hasta el cuello y remetida por debajo del pantalón. Eran de barrio, pero llevaban náuticas, cruces de madera, pantalones blancos o beiges, polos Lacoste, cinturones de hebilla dorada. Sabían siempre cuál era el camino recto. La realizadora pensará más tarde, mientras esté montando el material y vuelva a escuchar al psiquiatra, que así actúa a menudo la autoridad, como un chico de catequesis–. Y lo más grave es que usted, señora, le está dando visos de realidad a todas esas pamplinas. Desde hacía un tiempo, Adelaida era sencillamente una mujer enferma, y me niego a que se tome como real esa supuesta alucinación. Es indignante y va en contra de esos pacientes y de su entorno. ¿Qué derecho hay además a que esta sarta de idioteces quede grabada? ¿Y cómo sabemos, y discúlpeme, señora, que no es mentira lo que le contó? Iré más lejos aún: ¿cómo sabemos que usted no está tergiversando las cosas? ¿Cómo estamos seguros de que no es una embustera? Porque Adelaida, y le recuerdo que yo era su psiquiatra, jamás llegó a mi consulta con esas características psicóticas, y mire que yo la veía a menudo. Su caso obligaba a un seguimiento exhaustivo, y por experiencia sé, pues llevo veinte años en esto, ¿me oye?, ¡veinte años!, que un brote psicótico como el que usted me cuenta no se pasa por alto, porque los enfermos son incapaces de disimular. Así que deje por favor el tema antes de que tenga que arrepentirme por haberme prestado a esto.

La luz ya declina del todo y no es posible ver los rostros. La realizadora ha conseguido lo que quería: grabarlos como si fueran fantasmas. En su cámara han quedado unas imágenes tenues hablando con una fuerza tal, con una ira tal, con una vitalidad y una presencia tan fabulosas, que tiene que hacer un esfuerzo por disimular su alegría.

—¿No le da vergüenza ser psiquiatra y tratar así a sus pacientes? —replica la mujer de las horquillas—. ¿No le asquea tildarles de meros locos y creerse que usted y los suyos son los representantes de la normalidad? ¿No ha pensado jamás que lo único que hace es estigmatizar? ¿Y no se le ha pasado por la cabeza que los locos puedan ser más clarividentes que usted con su acartonado conocimiento? ¿Cómo es eso de que resulta deshonroso mostrar el delirio de Adelaida? ¿Quién dice que un delirio es deshonroso? ¿Por qué hay que esconderlo? ¿Y cómo se atreve a llamarme mentirosa? ¿No será que usted ni siquiera sabe diagnosticar?

La mujer de las horquillas está fuera de sí, y la realizadora no sabe cómo apaciguarla. Ni siquiera sabe ya de qué lado ponerse. Si bien esa mujer le resulta repelente, lo que dice merece considerarse, si no por su contenido, al menos porque la propuesta nace de un lugar menos cobarde que el del psiquiatra. Aunque quizás el asunto no estribe en el conocimiento ni en la valentía, sino en el tono. La ofensa por no soportar que se cuestione la certeza propia es siempre risible y presuntuosa.

Días después, cuando monte la parte final de esa conversación, la realizadora no cabrá en sí de gozo por el resultado. Se lo deberá a la potencia escénica de la mujer de las horquillas chillando casi a oscuras mientras habla de la escritora y de sus fantasías con un sátiro y con el cementerio. Esa escena dominará lo registrado con tanto poderío que redirigirá el sentido de la conversación entre el psiquiatra, la mujer rubia y la de las horquillas. Como esas tramas de Agatha Christie que hacen pensar que el asesino es X y donde de súbito la lógica se reordena de manera insospechada y apunta a Y. Para que no digan de ella que ha jugado tendenciosamente con el espectador y sus expectativas, que ha llegado a límites poco morales y efectistas, barajará remarcar los indicios que permitan entrever que no se trata de eso, sino de un encuentro, de un azar que además arroja sus imágenes a una zona de riesgo. Por otra parte, es cierto que darle protagonismo a un supuesto delirio no avalado por un psiquiatra no es serio, no es ni siquiera creíble, no le hace justicia a la escritora. Pero ¿no es la justicia, se dirá sacando de quicio el argumento, mera apariencia, una disposición persuasiva de una serie de razones? Y lo más importante:

¿acaso persigue ella la justicia? ¿No se planteó siempre su documental como una suerte de recreación libre o de continuación atmosférica de las narraciones de García Morales y del personaje, y no de la persona, que la escritora era? ¿No resultará entonces conveniente virar cuanto antes hacia la ficción? Se reafirmará en esta idea diciéndose que se confunde demasiado a menudo lo verosímil con lo veraz, y que será mejor para su película deshacer ese entuerto desde el principio, dejar claro que su montaje no pretende ilustrar sobre la vida y la obra de nadie. Más tarde aún volverá a las palabras del psiquiatra, a la duda de si merece la pena, aun cuando ella no persiga ninguna verdad, incluir un desvarío que probablemente sea un embuste estúpido, y de si eso no conduce a un lugar morboso, o quizás tan sólo grotesco. Entonces se paralizará, y lo que días antes había juzgado como un hallazgo comenzará a parecerle un error, un disparate idiota, una ceguera brutal que no sólo pondrá en entredicho la validez de lo rodado, sino su propia capacidad de hacer un cine meritorio. Pasará jornadas enteras ajena a cualquier reclamo, incluidos los que le dan de comer, retomando, para salvar su proyecto, todas las vías que había explorado mientras lo planeaba. Incursionará primero en la más íntima. Se preguntará de dónde procede su interés por la autora. Recordará que se leyó *El silencio de las sirenas* cuando tenía veintiún años, en un autobús que la llevaba de Almería a Madrid, y que la muerte, por suicidio, de la protagonista de la novela, llamada Elsa, coincidió con el paso del autobús por Granada, con un cambio abrupto del paisaje, pletórico de repente de pinos y frío, de montañas en las que Elsa acababa de fallecer sobre un manto helado (en

*El silencio de las sirenas*, Elsa se enamora platónicamente de Agustín Valdés, un hombre que apenas aparece en toda la historia, salvo en la recreación obsesiva de la pobre enamorada, la cual termina agonizando de amor). Aunque nunca ha podido leer en los autobuses porque se marea, la realizadora recordará que *El silencio de las sirenas* la hizo desentenderse de los estragos de las curvas en su estómago y del largo trayecto, y que la llevó a ese paraíso extraño, alto, atemporal, narcótico, de las Alpujarras, donde transcurre una novela llena de mujeres que son como cadáveres. En aquel viaje las horas se suspendieron, y cuando acabó la lectura se quedó prendida de ese estatismo, como si se hubiera abierto un agujero en el tiempo. Se leyó el libro porque durante todo un año vio su portada en su manual de literatura de COU junto a un estudio parco de *El silencio de las sirenas*. El estudio estaba al final del volumen, y comenzaba hablando grosso modo de autores que se habían dado a conocer en los setenta y ochenta. Sólo retuvo el nombre de las escritoras, porque los escritores que figuraban en el apartado eran ya célebres. Se los encontraba firmando columnas en la prensa, y había leído, de sus libros, los que venían en una colección de RBA Editores que adquiría semanalmente en los quioscos. Si bien a algunas mujeres mencionadas en su manual también se las encontraba en los diarios, había otras que no le sonaban de nada, como la que se destacaba, Adelaida García Morales, cuya obra *El silencio de las sirenas* era la propuesta de lectura del curso en lo concerniente a la literatura española de finales del xx. La propuesta no fue a ningún sitio. Nunca daba tiempo de apurar los temarios. Lo último que estudiaron fue *La colmena*. Que en su libro de texto no se decantaran por Vázquez Montalbán ni por Javier Marías como ejemplos representativos de la narrativa del último cuarto del siglo pasado, sino por una escritora de nombre antiguo que no escribía en ningún periódico y que jamás había visto en parte alguna, abría un misterio. Esa mujer pasaba inmediatamente a investirse de suspense, a ser una figura atractiva, extraña, desconcertante por encarnar el puro enigma. La realizadora dejó que la tensión de ese personaje recién descubierto, Adelaida García Morales, se instalara poco a poco en ella. No corrió a comprarse *El silencio de las sirenas*, que se quedó resonando en su memoria como una anomalía sugestiva y angustiosa. Cuando era muy joven le producían pavor las desapariciones, los silencios demasiado prolongados. Esta aprensión la llevaba, al entrar en librerías y bibliotecas, a detenerse ante los lomos de las novelas de García Morales. Miraba las portadas, pasaba las páginas, leía las solapas y las contracubiertas, alimentaba su desasosiego. Hasta que a los veintidós años se fue con unas amigas a un camping en Cabo de Gata y decidió adquirir *El silencio de las sirenas* para leerlo durante el viaje.

Al mismo tiempo que divagará con que el documental recorra una perspectiva más personal, se dará cuenta de la imposibilidad de seguir este hilo, pues se iría por derroteros que no le interesan (las Alpujarras, el retiro de García Morales, los extranjeros con los que al parecer alternaba y que habían recalado en Sierra Nevada imitando el ideal de vida de Gerald Brenan, cierto hipismo trasnochado). Pero sobre todo se resistirá a trabajar con la estética de *El silencio de las sirenas* que prevalece en su recuerdo, y que se mezcla con el trayecto en el autobús, con los árboles y las cimas aún nevadas del Mulhacén y el Veleta a lo lejos. El espacio en un bosque o en una montaña es demasiado abierto, y predominará en ella la impresión de que su película ha de desarrollarse, literal o metafóricamente, en habitaciones sombrías. En realidad, en esa puesta en cuarentena de lo que ha rodado, no podrá darse una justificación satisfactoria de por qué su proyecto no debe aventurarse por los surcos que había dejado en ella *El silencio de las sirenas*. Se dirá, no obstante, que no tiene por qué limitarse a los interiores; la noche urbana en un parque evoca lo íntimo, al igual que las calles estrechas, solitarias, con las puertas cerradas; el casco viejo de cualquier provincia, se dirá, vale también como tropo de los laberintos internos, enfermizos y lacónicos en su exteriorización.

En esa crisis que se producirá cuando termine de montar la entrevista, y por la que se empeñará en recular, en deshacer el plan previsto, incursionará asimismo en lo que Erice, al adaptar *El Sur*, no pudo filmar. Ese final elidido contaba cómo, tras el suicidio del padre, la protagonista, ya adolescente, viaja a Sevilla y descubre que tiene un medio hermano, fruto de la mujer a la que su progenitor había amado en secreto. La realizadora buscará cómo pretendía el cineasta rematar su cinta a sabiendas de lo quimérico de tomar ese camino. De lo que sí estará segura, y será la primera certeza en todo ese tiempo de dudas, es de que su documental habrá de partir de la película del director vasco, que supuso su reencuentro con la escritora algunos años después de haberse leído *El silencio de las sirenas* y dejar que su figura adquiriera formas extremas en su recuerdo (en una ocasión, hace más de dos lustros, alguien le dijo que la autora había perdido la cabeza y el comentario la dejó atónita por su exceso de realidad; para ella Adelaida García Morales no podía ser de este mundo, no era real). *El Sur*, ese espejo incompleto, la llevó a la elección de la sala del polígono para grabar, y ésta será la segunda certeza a la que llegará –una certeza que, al igual que la anterior, ya tenía–, a saber: que al menos no ha errado el espacio. Abrirá un documento donde apuntará el cierre que el cineasta había proyectado y sin el cual, según él, no se entiende el drama del padre de Estrella, ni por qué le deja a su hija el péndulo antes de suicidarse. En ese archivo, que titulará «El final de Erice», la realizadora escribirá: «Estrella, que en el cuento se llama Adriana, viaja a Sevilla, donde conoce al hijo de su padre, a su hermano Miguel, quien tiene un mentor que iba a ser interpretado por Fernando Fernán Gómez. El mentor, tío del muchacho y estigmatizado por no querer combatir contra los suyos en la Guerra Civil, familiariza a Miguel con el sur aventurero y literario de los libros de R. L. Stevenson. Es decir, con un sur aún más profundo que el que el joven habita. Estrella le regalará a Miguel su objeto más querido, el péndulo, para compartir con él la fuerza que su padre les legó y como reconocimiento simbólico de su condición fraterna. Miguel le regalará a ella *En los mares del Sur*. Última escena: se ve a Estrella hojeando el libro en el tren de vuelta a casa mientras se escucha la voz en off de Fernán Gómez leyendo este fragmento: "Hay en el mundo unas islas que ejercen sobre los viajeros una irresistible y misteriosa fascinación. Pocos son los hombres que las abandonan después de haberlas conocido; la mayoría dejan que sus cabellos se vuelvan blancos en los mismos lugares donde desembarcaron; hasta el día de su muerte, a la sombra de las palmeras, bajo los vientos alisios, acarician el sueño de un regreso al país natal que jamás cumplirán. Esas islas son las islas del Sur. Cuentan que en ellas estuvo en tiempos el Paraíso"».

La realizadora se irá a la información que había recopilado sobre Adelaida García Morales y se dará cuenta de que, semanas atrás, se la leyó como si no fuera a variar en nada su idea para el documental, que nació difusa, aunque no tanto como para no saber que no quería un acercamiento convencional a la autora. Le sorprenderá, cuando repase por segunda y tercera vez, y con detenimiento, los artículos, las críticas, las entrevistas y los obituarios que imprimió y guardó ordenados por fechas, que ni siquiera lo publicado por causa de su deceso sea demasiado en cantidad y relevancia. Hay ocho necrológicas signadas por periodistas y críticos, aunque no portadas ni firmas de renombre preocupándose por la suerte de la artista. Pero lo más notable es que esa discreción, ese murmullo con tendencia a acallarse, parezca una consecuencia de la voluntad de Adelaida García Morales, o de lo que puede suponerse que era su voluntad –la guiada por la vocación del silencio, de la desaparición–, y no fruto del olvido de sus contemporáneos, como si unos intereses colectivos o una época no tuvieran nada que hacer frente a una disposición particular, sobre todo cuando ésta no es la del triunfo, sino la del fracaso. Por otra parte, y en unos términos que se le antojarán más *lógicos*, pensará que lo encontrado sobre el deceso de la novelista no rebasa lo debido a cualquier figura del mundo cultural en España, donde los reconocimientos son rácanos, ingratos, mezquinos. No es éste el enfoque mayoritario de las necrológicas. Muchos de los periodistas prefieren ir a lo más novelesco: la coherencia siniestra entre lo que escribió García Morales y el final de sus días. En un obituario aparecido en *El Mundo* se puede leer: «¿Dónde estaba Adelaida García Morales? ¿Cuánto hacía que no escribía? Hacía tiempo que la autora de *El Sur*, el relato que inspiró a su marido Víctor Erice para hacer una de las películas más brillantes del cine español, parecía uno de los personajes de sus obras. Vagaba entre la memoria, la soledad y el pasado».

Con el ánimo de subrayar las contradicciones, la realizadora anotará una declaración de García Morales en la que afirma que le da igual publicar –lo que lleva a concluir un éxito no buscado e ignorado («Escribo desde la memoria, y nunca para publicar. El éxito y la publicación de mis novelas me dejan fría, no siento nada»)–, junto a testimonios de otras personas en los que eso puede ponerse en entredicho. No son pocos los que insisten en que la automarginación en la que acabó se debía, al menos en parte, al escaso eco de sus últimas obras. Confirma tal cosa, por ejemplo, su primer editor, Jorge Herralde, cuando habla sobre ella a la Agencia Efe. Herralde sostiene que las novelas posteriores a *El Sur seguido de Bene* y *El silencio de la sirenas* tuvieron una repercusión menor, y que eso acentuó en la escritora «su inseguridad, su vulnerabilidad y su progresivo aislamiento».

La realizadora también recuperará, de entre la documentación que ha ido guardando en una carpeta de cartulina azul, una lista de hitos biográficos. Su repaso irá acompañado de la repetición de los argumentos, que ya desechó, sobre la conveniencia de enfocar su documental en la vida de la escritora. Antes de desestimarlos por segunda vez, especulará (ella lo llamará «tener en cuenta») con lo que supone que un hipotético público exigente le pediría: una ambición que pasara no sólo por lo cualitativo sino también por lo cuantitativo, por centrarse en toda esa serie de hechos para ampliarlos y lograr algo que cupiese en la expresión «Una revisión a fondo de una de las figuras más misteriosas de nuestra cultura», o en esta otra, más comercial y un tanto ridícula dado lo minoritario del interés que puede suscitar la artista extremeña: «El secreto de Adelaida García Morales». Y aunque se dirá que centrarse en la vida de la autora o en trazar una semblanza psicológica la obligaría no sólo a renunciar a sus propósitos, sino a localizar a los familiares de la difunta y a enfrentarse con entusiasmos o suspicacias excesivas, con todo, y al igual que con el final elidido del film de Víctor Erice, jugará al «como si» bosquejando un esquema del personaje a partir de sus rastros en los periódicos, en las revistas, en los blogs. Planeará hablar de la escritora bellísima, arcana por su silencio y su soledad, que también fue modelo, inspiradora de una película célebre, amiga de Agustín García Calvo, esposa de uno de los mejores cineastas vivos, miembro de un grupo de teatro que al correr de los años se volvió legendario por la popularidad que adquirieron algunos de sus integrantes. Se propondrá asimismo hablar del esplendor deshecho de Adelaida y de su existencia adquiriendo un color gris. De sus libros cada vez menos relevantes, de su estilo que se torna acartonado, que a veces se descuida hasta dar la impresión de que a la autora se le ha olvidado lo que significa escribir. De su ruptura con Erice y de la soledad. De su decepción con la vida en pareja («Me parece difícil que el amor dure si tiene que pasar por la cotidianidad. Al cabo del tiempo se pierde») y su ambigüedad sobre su recobrada soltería («Estoy bastante sola»; «Plantarle cara a la soledad pasa por hacerla habitable, no concibiéndola como un hundimiento, una forma de angustia, una caída…, sino como un estado que puede ser gozoso y alcanzar una plenitud»). De sus problemas económicos. De su vacilación a la hora de opinar, como si las preguntas de los periodistas la pillaran siempre desprevenida o temiera articularse, ser contundente, jugar con su imagen o desarrollar los territorios por los que parecía transitar, cercanos a la espiritualidad a tenor de lo que declara en no pocas entrevistas (menciona el zen; menciona, al hablar de su novela *Nasmiya*, a unos sufíes españoles que le gustaban por su mística y su heterodoxia; llega a afirmar que ella ya no tiene ego, y las protagonistas de sus libros viven de afectos ascéticos, de amores que cifran su transgresión, su anomalía, en una terca inmaterialidad). De la falla entre la timidez y la franqueza desnuda, brutal en su llaneza, de sus puntos de vista. De su secretismo cuando se trata de contar sus nuevos proyectos, como si tuviera miedo no sólo de perder la libertad de abortarlos al hacerlos públicos («Escribir me gusta, pero en los inicios tiene su sombra. Tiras papeles a la basura constantemente. En definitiva, quiero escribir sin comprometerme. ¿Y si no me gusta, y si no sale como yo quiero?»), sino de su propio compromiso con la escritura.

La realizadora ampliará los hitos de la vida de Adelaida García Morales con más información e incluso con testimonios que encontrará en internet. Irá colocando post-its en la pared de su despacho que trazarán esa ruta que no recorrerá, y será más escrupulosa que nunca con los hechos, como si el silencio que decidirá sobre ellos fuese una manera de nombrarlos. Se entristecerá por el parecido de la última etapa de la vida de la autora con esos currículums de artistas sobre los que, a partir de cierto momento, nadie tiene demasiada curiosidad, y cuyas líneas constituyen un registro aburrido, obligatorio, administrativo, de obras de nula repercusión. Su decisión de montar el documental apartándose de vías consabidas e instructivas volverá a resquebrajársele a ratos porque caben ponérseles objeciones a los abordajes al uso que encuentra, y eso sí le parecerá interesante para su película. Por ejemplo, se cansará de leer que la producción de la escritora es escasa, y se preguntará si en el fondo es tan escueta y en relación a qué se juzga lo escueto. Trece libros, estimará, no son tan pocos. También pensará en lo que sugieren los títulos, llenos de mujeres, y dudará de si no tendría que incursionar en ese campo, tan trillado, de lo considerado como femenino, habida cuenta de que muchos artículos hablan de García Morales como una autora femenina. Estimará urgente hacer una crítica (la mujer que no escapa de su condición y su reverso: por qué las féminas han de plantearse su identidad, –¡como si ésta fuera clara como el agua!– y romper con ella mientras que a ningún hombre se le pide tal cosa; y también: ¿por qué no darle valor a lo desprestigiado?; y también: ¿por qué tantas antologías de chicas llevan títulos cursis?). Rechazará adentrarse en esta senda. Se argumentará que, para ser efectiva, debería clarificar su posición, asunto este quimérico. Está muy lejos de tener convicciones sobre qué sea lo mejor, y sólo podría ofrecer razones que se refutasen unas a otras. Le dará, no obstante, vueltas al lado más íntimo de ese asunto, pues recordará uno de los sentimientos que tuvo al acabar *El silencio de las sirenas* en ese autobús donde hacía diecisiete años volvía del Cabo de Gata, a saber: el rechazo a confesar su entusiasmo por esa novela ante algunos de sus amigos que más leían, no porque no lo mereciera, sino porque el tema podía ser considerado demasiado femenino: una joven muriendo de amor. Un amor romántico y enfermo. Se dará cuenta de que la cadena de pensamientos de aquel lejano día la ha reproducido luego no pocas veces, sin llegar nunca a reconocer que ese miedo a que la identifiquen con lo femenino, y por tanto a que la desprecien, está dentro de ella, e intuyendo que no ha dejado de suponer ese desprecio hacia lo femenino como causa del ninguneo a la autora, cuando lo más probable es que el olvido de García Morales se deba a que su producción se convirtió, a partir de cierto momento, en mimética y poco ambiciosa, a que fue convencional en sus planteamientos narrativos y a que perdió ese aliento peculiar que, si bien no la convertía en una fuera de serie, sí la hacía única. La realizadora se sorprenderá, en fin, de que la herida que se le abrió cuando se sintió incapaz de defender a García Morales ante sus amigos lectores por temor al menosprecio no se haya cerrado, y de lo que eso significa: que sigue siendo cobarde. Que todavía se destruye a sí misma. Revisará con asco (con ese asco que proviene de su propio juicio) algunos de esos artículos sobre la escritora que describen su literatura como femenina, tal que éste: «Las creaciones de la autora se ajustan a los modelos de la literatura femenina, en el sentido de que los hombres ocupan un lugar secundario en el mundo íntimo de los personajes principales, casi siempre mujeres, que indagan en sus recuerdos con objeto de recuperar una identidad genuina, plena e independiente. En ocasiones, como ocurre en *Nasmiya* (1996), se trata de un combate denodado por el reconocimiento de sus derechos: la protagonista, casada con un musulmán y convertida al islamismo, se enfrenta a su marido y al universo cultural que representa cuando aparece en el hogar una segunda esposa».

Durante un tiempo más vacilará sobre la conveniencia de introducir, como hilo secundario, la mirada de algunos expertos sobre la narrativa de la escritora, pero finalmente ni siquiera esta desviación mínima le resultará tolerable. La idea de transitar por una vía tan correcta la acabará paralizando de esa forma radical en la que se prefiere un error, un fracaso propio, a una renuncia. ¿Por qué ha de ofrecer la mirada de los expertos cuando lo poderoso de su relación con García Morales no tiene nada que ver con el valor de su obra, sino con intuiciones, con una materia aún amorfa que el proceso creativo habrá de moldear? La fuerza de esta tercera certeza será casi definitiva, si bien aún vagará un tiempo más en ese marasmo que es el sentirse interpelada por todo tipo de razones. Terminará recurriendo a *El Sur* para ir a la caza de la cita crucial, de la poética, de su ofuscación con la autora. Leerá: «Pues creo que heredé de ti no sólo tu rostro, teñido con los colores de mamá, sino también tu enorme capacidad para la desesperación y, sobre todo, para el aislamiento. Aun ahora, cuanto mayor es la soledad que me rodea mejor me siento», y también «Consideraba que Mari Carmen era el [nombre] más adecuado para relacionarme con aquellas niñas. Pues el mío, Adriana, me parecía que me convertía en alguien diferente y especial», y también «Recuerdo que me sentía embriagada y que me pareció bellísimo aquel terreno yermo y plano, sin apenas color, sin plantas ni árboles», y también «El silencio que tú nos imponías se había adueñado de nosotros, habitaba en la casa, como uno más, denso como un cuerpo. Aprendí a vivir en él y sería injusto no añadir que si he llegado a conocer alguna felicidad real ha sido precisamente en el silencio y la soledad más perfectos», y también «A veces he llegado a creer que nada necesitaba yo de los llamados seres humanos. Y durante largas temporadas he podido vivir feliz con semejante creencia». En esta búsqueda de citas, a la realizadora le sobrecogerá el reconocimiento tan sencillo, y quizás por ello tan profundamente transgresor, del deseo incestuoso de Adriana hacia su padre: «Entonces yo tuve un deseo: casarme contigo. Y al mismo tiempo tuve un pensamiento: tú te negarías, pues habías cambiado tanto... Ahora, de alguna manera, les dabas demasiada importancia a las normas de este mundo y ellas te lo prohibirían». Más tarde aún, derrotada por el cansancio y por su propia inconsistencia, buscará lo diabólico porque le desesperará, de nuevo, no saber si se ha equivocado o ha acertado con su grabación del psiquiatra, la mujer rubia y la de las horquillas sumiéndose lentamente en la penumbra mientras sus relatos derivan hacia la más absoluta oscuridad: «También en aquello otro que teníamos en común: el mal. Porque tú, para los ojos de aquellas otras personas de la casa y sus visitantes, eras un ser extraño, diferente, al que se le sabía condenado, y por eso había que rezar para tratar de salvar al menos su alma. Y yo, de alguna manera, también pertenecía a esa clase de seres. En la voz de mamá me oí llamar "monstruo" y percibí el temor con que ella contemplaba lo que, según decía, yo iba a llegar a ser», «Viéndote en aquella penumbra que te envolvía, me pareció que soportabas una especie de maldición», «Tu silencio angustioso estaba poblado de rumores malignos e inaudibles para otro que no fuese yo. Tu quietud tan perfecta no era sino un sobresalto de horror que parecía haberse detenido en el peor de sus instantes. Alguna noche larga de estudio o de insomnio me estremecieron quejidos tuyos que venían de tu sueño o quién sabe de dónde; desde luego no eran de este mundo», «El sufrimiento peor es el que no tiene un motivo determinado. Viene de todas partes y de nada en particular. Es como si no tuviera rostro», «Aquella noche sentí que el tiempo era siempre destrucción. Yo no conocía otra cosa. El jardín, la casa, las personas que la habitábamos, incluso yo con mis quince años, estábamos envueltos en aquel mismo destino de muerte que parecía arrastrarnos contigo», «Un mundo completo y tan inalcanzable como el de los muertos cabía en ella. Yo cerraba los ojos y, en la oscuridad de mis párpados, te contemplaba como a un fantasma vivo que ella convocaba para mí», «En su interior encontré unos zapatos deformes y gastados por ti, unas zapatillas rotas, un reloj despertador que ya no funcionaba y una careta arrugada que dejaba entrever, entre las dobleces del cartón, un rostro hermoso con mirada de diablo».

La concejala intenta comunicarse varias veces con la familia de la autora. A través de la organización del Festival de Cine Europeo de Sevilla consigue el teléfono de Erice. Antes de llamarle, busca su nombre en internet. Lee unos cuantos artículos y un par de entrevistas. La persigue una interrogación a la que pone palabras vagas e inexactas, y que tiene que ver consigo misma, con un hueco abierto por *El Sur* y el recuerdo de Adelaida en su despacho. Desde que murió, ha soñado casi todas las noches con ella; su imagen, desfigurada, se asemeja siempre a palabras que se repiten. Cuando se anima a llamar al director, no le contesta nadie. Le telefonea unas cuantas veces más durante las jornadas siguientes, pero no obtiene respuesta. Lo intenta con los hijos de la escritora. Pregunta por ellos a su médico, a la de Igualdad, a los periodistas que redactaron las noticias sobre su deceso, a clubes de lectura que García Morales visitó hace tiempo. Sólo logra hacerse con sus nombres. Los teclea en Google, pero no hay rastro de ellos. Se cansa. Una tarde, al salir del Ayuntamiento, camina hasta la casa de la autora. ¿Vivía de alquiler o era propietaria? Hace averiguaciones; tenía la vivienda alquilada. Merodea frente a ella durante unos días. Es una casa relativamente nueva, con ese aspecto prefabricado de las urbanizaciones baratas. La concejala escribe una nota y la deja en el buzón. No espera que nadie la lea, y la idea de hacer el homenaje, vista la escasa repercusión de la muerte de la escritora, pasa de ser una obligación y un remedio para la falta en la que ha sido pillada a convertirse en un proyecto romántico, en una causa noble en la que se siente orgullosa de militar, pero en la que no invertirá más sudores. Además, tampoco tiene sentido gastarse el escaso presupuesto en un acto al que no acudirá nadie. Muy pocos en el pueblo saben que allí vivía Adelaida García Morales. Muy pocos, de hecho, la conocen siquiera de oídas. Por otra parte, ya se va septiembre, lo que en Sevilla es sinónimo de tiempo agradable, de ir en manga corta desde que sale el sol y echarse una rebeca fina al caer la tarde, de conquistarle la calle al calor. Los días son también placenteros en su destartalado despacho, donde no ha vuelto a presentarse ningún otro artista y en el que ahora entra el frescor de la mañana, que conserva el aroma de los jazmines abiertos durante la noche, del pan recién horneado, del café que toma el conserje en su garita. Por la ventana abierta de par en par llegan asimismo el grito alegre de los niños yendo a la escuela, la vida calma y renacida de todos los otoños, antes de que caigan las hojas y haya que lamentar el frío.

## EPÍLOGO

Éstos son los hitos biográficos apuntados por la realizadora a partir de la información sobre Adelaida García Morales encontrada en internet. Como el documental, que se tituló *Los últimos días de Adelaida García Morales*, esquivó la perspectiva biográfica, los datos no están contrastados. Hay informaciones contradictorias, y seguramente se ha colado más de un detalle falso o impreciso. Asimismo, se incluyen algunos testimonios:

–Nace en Badajoz en 1945. Es la segunda de cinco hermanos. Sus padres son de Sevilla según algunas fuentes y de Huelva según otras. Su padre es ingeniero de minas. Su madre escribía, pero nunca publicó.

–No va al colegio hasta los diez años. Su madre le da clases.

–A los trece años se traslada a Sevilla. Su familia se instala en el barrio de San Bartolomé.

–Estudia en las Teresianas, luego en el Instituto Murillo, y los dos primeros cursos de Filosofía y Letras en la Fábrica de Tabacos.

–Se une al grupo de teatro Esperpento, del que también forman parte Alfonso Guerra, Carmen Reina, Gualberto y Amparo Rubiales.

—Trabaja como modelo prêt-à-porter cuando es una actividad bien pagada. No puede llevar alta costura porque le faltan cinco centímetros para alcanzar el metro setenta de estatura requerido.

—Conoce a Agustín García Calvo, quien la inicia en el anarquismo.

—Se licencia en Filosofía y Letras en 1970 en Madrid.

—Estudia escritura de guiones cinematográficos en la Escuela Oficial de Cinematografía. En 1972 conoce a Víctor Erice en dicha escuela. Participa como actriz en varios cortometrajes.

—Trabaja como profesora de secundaria de lengua española y filosofía en distintos institutos a las afueras de Sevilla, y como traductora de la OPEC en Argelia.

—A finales de la década de los setenta se instala con su pareja, Víctor Erice, en Capileira, un pueblo de la Alpujarra granadina, donde vivirá durante cinco años. En la Alpujarra hay una colonia extranjera, formada sobre todo por ingleses y norteamericanos cuyo ideal de vida está inspirado en Gerald Brenan.

—Comienza a escribir *El silencio de las sirenas* en 1979. El título procede de un cuento de Kafka. La novela tiene su origen en el amor platónico que la autora sintió por Eugenio Trías o en el ideal de amor platónico de Eugenio Trías (ambas cosas se afirman en diversas fuentes). También refleja el paisaje y el modus vivendi de la Alpujarra, las costumbres vertebradas en el oscurantismo religioso y en la superstición, y el carácter abrupto de los lugareños de aquella época.

—Detiene la escritura de *El silencio de las sirenas* en 1980 por «razones domésticas», según declara en una entrevista.

–Entre junio y julio de 1981 escribe *El Sur*. El relato se nutre de las vivencias dramáticas que marcaron su infancia y adolescencia: la áspera relación con su madre (la autora llega a afirmar que nunca se sintió querida por ella), la depresión de su padre, la nostalgia con la que es evocado el sur sevillano, de donde los progenitores de la escritora fueron arrancados porque el padre encontró trabajo como ingeniero de minas en Extremadura; la familiaridad de Adelaida García Morales con el péndulo debida a la profesión de su padre. La casa de su niñez en Badajoz inspiró la casa donde el personaje de *El Sur* Gloria Valle vive con su hijo.

–Publica la novela *Archipiélago* en 1981, que resultó finalista del Premio Sésamo.

–El 6 de diciembre de 1982 su marido, Víctor Erice, comienza a filmar la adaptación de *El Sur* en Ezcaray (La Rioja). El productor es Elías Querejeta. Se planea que el rodaje dure 81 jornadas, pero se interrumpe en el día 48 por problemas de financiación debido a un relevo en la dirección general de RTVE, que financia la película, lo que implica que de un guión de 395 páginas sólo se ruedan 170. La película, que Erice espera acabar, la ve Gilles Jacob, el presidente del Festival de Cannes, quien se empeña en estrenarla incompleta. *El Sur* obtiene un gran éxito de público. Se estrena al poco en Madrid, de nuevo con gran aceptación del público y éxito de crítica. Es asimismo Mejor Película en la Muestra Internacional de Cine de São Paulo, Hugo de Oro en el Festival Internacional de Chicago, Mejor Película en el Festival de Cine Ibérico de Burdeos y Mejor Película Española en los Premios Sant Jordi. El excelente recibimiento lleva a Querejeta a no aceptar terminarla y a considerar que la cinta está bien con el sur sólo evocado.

—Manda a Jorge Herralde, editor de Anagrama, el manuscrito de *El Sur seguido de Bene* a través de Antonio Patón, representante de la distribuidora de Anagrama, Enlace, en Madrid.

—Retoma en 1985 la escritura de *El silencio de las sirenas*.

—En 1985 publica *El Sur seguido de Bene* en la editorial Anagrama. Ese mismo año gana el Premio Herralde, otorgado por Anagrama, con *El silencio de las sirenas*. El jurado del Herralde está compuesto por Salvador Clotas, Juan Cueto, Luis Goytisolo y Jorge Herralde. También recibe el Premio Ícaro de Literatura por *El silencio de las sirenas* otorgado por *Diario 16*, con un jurado en el que participan Álvaro Pombo, Javier Sádaba, Germán Sánchez Espeso, Ana Belén, Jaime de Armiñán, Manuel Gutiérrez Aragón, Adolfo Marsillach, Ignacio Amestoy, José Luis Alonso de Santos, Víctor Manuel, Joaquín Sabina, Rosa León, El Hortelano, Pablo Pérez Mínguez y José Hernández.

—Los libros *El Sur seguido de Bene* y *El silencio de las sirenas* reciben elogios de críticos y escritores reconocidos, como Robert Saladrigas, Marta Pessarrodona, Luis Mateo Díez, Jorge Edwards, Joaquín Marco, Luis Suñén, J. M. Plaza, Amalia Iglesias o Miguel García-Posada. También se reeditan y se traducen a otras lenguas.

—Entre *El silencio de las sirenas* y *La lógica del vampiro* no escribe nada debido a un problema con su hijo pequeño.

—Manuel Grosso le propone a Víctor Erice que vuelva a hacer cine. Éste accede con la condición de adaptar

*El silencio de las sirenas.* Aunque Erice empieza a trabajar en el proyecto, finalmente lo abandona. Sugiere que lo lleve a cabo Josefina Molina. La cineasta lo acepta siempre y cuando participe en el guión Joaquín Oristrell. El proyecto nunca se concluyó.

–En 1990 publica la novela *La lógica del vampiro* en la editorial Anagrama. Participa como jurado en el Premio Cervantes, para el que apuesta por Rosa Chacel.

–En 1994 publica la novela *Las mujeres de Héctor* en la editorial Anagrama.

–En 1995 publica la novela *La tía Águeda* en la editorial Anagrama.

–En 1996 publica *Mujeres solas. Cuentos* y la novela *Nasmiya* en la editorial Plaza y Janés. En una entrevista en *El Cultural* firmada por Itziar de Francisco declara que *Nasmiya* es su obra favorita. En una entrevista para *El País* concedida a Andrés Fernández Rubio dice que se acaba de separar de Víctor Erice.

–En 1997 publica el cuento «El accidente» en la editorial Anaya y la novela *La señorita Medina* en la editorial Plaza y Janés. Para presentar el libro, Adelaida García Morales se hace acompañar de Josefina Aldecoa.

–En 1998 publica el cuento «La carta» en la antología *Vidas de mujer* de la editorial Alianza y la novela *El secreto de Elisa* en la editorial Debate.

–En 1999 publica el cuento «El legado de Amparo» en la antología *Mujeres al alba* de la editorial Alfaguara.

–En 2001 publica la novela *Una historia perversa* en la editorial Planeta, basada en una noticia sobre un escultor londinense que utilizaba cadáveres para sus esculturas.

—En 2001 publica la novela *El testamento de Regina* en la editorial Debate. Se trata de una indagación sobre la vejez.

—En 2008 publica el cuento «La mirada» en la antología *Don Juan. Relatos* del sello 451 Editores.

—El 22 de septiembre de 2014 muere por una insuficiencia cardiaca en Dos Hermanas, donde residía junto a uno de sus hijos.

**Testimonios**

Podcast «La necrológica de Adelaida García Morales», por Luis Alegre. Programa *A vivir*, de Javier del Pino. Cadena SER:

[Música de pasodoble y voz en off diciendo:] *Partieron cuando la fiesta terminó, al caer la tarde.*

JAVIER DEL PINO: Algunos de ustedes recordarán de dónde vienen estos sonidos. Nadie que haya visto la película *El Sur*, de Víctor Erice, esa gran película, habrá olvidado esa secuencia en la que una niña el día de su primera comunión baila un pasodoble con su padre. *El Sur* está basada en un relato de una de las escritoras más interesantes y más enigmáticas de la literatura española. Esa escritora era Adelaida García Morales, que se ha muerto a los sesenta y nueve años en Dos Hermanas, en Sevilla, y que esta mañana protagoniza la necrológica de «El otro barrio», que escribe Luis Alegre. ¿Cómo estás, Luis? Buenos días.

LUIS ALEGRE: Hola, buenos días, Javier.

JAVIER DEL PINO: Y además te he visto esta semana especialmente encandilado con este personaje, ¿no?

LUIS ALEGRE: Sí, tienes razón, creo que se me ha notado. Adelaida García Morales me parece una personalidad muy atractiva. Cuando Juan Cruz me contó que había muerto, enseguida pensé que sería estupendo dedicarle una necrológica, aunque enseguida me di cuenta de que no iba a ser nada fácil. Adelaida arrastraba una leyenda de mujer muy rara, complicada, misteriosa, secreta, hipertímida, delicadísima, melancólica, depresiva, autodestructiva, escurridiza y un montón de cosas más, y había muchas zonas oscuras en su biografía.

JAVIER DEL PINO: Para empezar, no era una mujer muy convencional, ¿no?

LUIS ALEGRE: No, no. Era la anticonvencional. Y tampoco parecía una mujer fácil para las relaciones con la gente, con la prensa, y se decía que había acabado mal con muchos de sus amigos o con sus editores, y también pensé que nos iba a costar encontrar a alguien que nos hablara de ella.

JAVIER DEL PINO: ¿Te ha resultado tan difícil como creías averiguar cosas de ella?

LUIS ALEGRE: Pues mira, de entrada a Paqui Ramos y a mí nos ha resultado imposible encontrar un documento sonoro con su voz.

JAVIER DEL PINO: Y eso es raro con el departamento de comunicación que tenemos aquí. Será que no concedía entrevistas, entonces…

LUIS ALEGRE: Dio alguna entrevista a periódicos o revistas literarias, pero es probable que al menos en los últimos veinticinco años no concediera ni una sola entrevista a una radio o televisión. Lo que sí ha sido más sencillo es averiguar algunos datos de su biografía.

JAVIER DEL PINO: Vamos a empezar por el principio, Luis. Cuéntanos dónde, cuándo nació.

LUIS ALEGRE: Pues mira, nació en Badajoz en 1945, en plena posguerra, pero se crió en Sevilla, la tierra de sus padres. Con su padre tuvo una relación muy obsesiva y conflictiva, y su madre fue fundamental porque, entre otras cosas, le determinó su vocación literaria.

JAVIER DEL PINO: ¿Su madre era escritora también?

LUIS ALEGRE: Sí, su madre se pasaba el día escribiendo, lo que ocurre es que nunca llegó a publicar nada, pero, cuando Adelaida tenía diez años, comenzó a escribir tratando de emular a su madre, a la que por cierto Adelaida recordaba como una mujer muy distante.

JAVIER DEL PINO: ¿Cuándo empieza a publicar los primeros relatos?

LUIS ALEGRE: Tardó mucho en publicar. Fíjate que su primera novela, con la que quedó finalista del Premio Sésamo, se titula *Archipiélago* y salió en 1981, cuando ella ya tenía treinta y cinco años. Si consideramos que empezó a escribir a los diez, la verdad es que se tomó su tiempo.

JAVIER DEL PINO: ¿Hasta entonces sólo se dedicaba a escribir, o trabajaba en otras cosas?

LUIS ALEGRE: No, no, qué va. Bueno, estudió Filosofía y Letras, dio clases de lengua y literatura, y bajo la influencia del escritor y pensador Agustín García Calvo, profesor suyo en la universidad, coqueteó con el anarquismo. García Calvo fue una de las personas clave en su vida, como luego lo fue también el filósofo Eugenio Trías, con el que vivió un amor platónico.

JAVIER DEL PINO: Y, por supuesto, otra figura decisiva para ella fue Víctor Erice, otro gran raro de la cultura española.

LUIS ALEGRE: Claro, por descontado. Víctor Erice no sólo fue su marido y el padre de uno de sus hijos, sino que la puso en el mapa como escritora cuando adaptó su relato *El Sur*.

JAVIER DEL PINO: ¿Cómo se conocieron Víctor Erice y ella?

LUIS ALEGRE: Adelaida tenía grandes inquietudes relacionadas con el cine y el teatro. Incluso llegó a hacer algún pinito como actriz y modelo, y en Sevilla perteneció a un grupo mítico de teatro de esa ciudad, el grupo Esperpento, y en Madrid estudió guion en la Escuela de Cine, y allí en Madrid, en la Escuela, conoció a Víctor Erice.

JAVIER DEL PINO: Nos comentabas esta semana que igual no sería fácil encontrar a alguien que nos hablara de Adelaida García Morales. Lo hemos encontrado, es alguien a quien toda la audiencia conoce muy bien por razones muy distintas, pero que también nos puede hablar un poco de ella. Es Alfonso Guerra. Señor Guerra, buenos días.

ALFONSO GUERRA: Hola, buenos días.

JAVIER DEL PINO: Alfonso Guerra fue vicepresidente del Gobierno de Felipe González y uno de los políticos más carismáticos de la democracia. Creo que usted conoció a Adelaida García Morales en su época más farandulera, en la Sevilla de los años sesenta y setenta.

ALFONSO GUERRA: Sí, vamos, farandulera…, hablar de farandulera tratándose de Adelaida es difícil, pero vamos, ella era una chica muy joven, de veintitantos, y estaba bien relacionada pues con el mundo del teatro, de los escritores, de los pintores… Nos reuníamos prácticamente todos los días en una galería que se llamaba La Pasarela, y nos veíamos con frecuencia, y… conocí también a sus padres, lo que también me ayudó mucho a comprender después las novelas, porque hay mucho…, en alguna de ellas, por ejemplo en *El Sur*, hay mucho de autobiográfico.

JAVIER DEL PINO: ¿Cómo era ella?, ¿cómo la recuerda? Su personalidad, quiero decir.

ALFONSO GUERRA: Pues… entonces era una chica muy joven que llamaba la atención porque era de una belleza extraordinaria…, muy tímida, muy callada, casi silenciosa, con unos ojos de mirada muy penetrante…, ella no hablaba, pero desconcertaba a la gente con su mirada, y tenía una madre muy activa…, efectivamente la madre escribió, escribió mucho, aunque no publicó nada, pero sobre todo era también muy lectora, yo he tenido muchas conversaciones en la librería Antonio Machado de Sevilla, que era donde yo estaba, y era una gran lectora. El padre, por el contrario, padecía una profundísima depresión que yo creo que afectó mucho a la personalidad de Adelaida. Hubo un momento en que ella se animó muchísimo. Tuvo un idilio, una relación, con un pintor de Sevilla, y estaba entonces desconocida, muy animada, porque ella tenía siempre una especie de halo de misterio, y entonces estaba más en la línea de una chica de veintidós o veintitrés años. Intentaron casarse por lo civil. En España entonces no se podía, y se fueron a Gibraltar a ver si conseguían..., pero aquello no funcionó, y volvió nuevamente muy decaída, muy... Era una persona con un mundo interior profundísimo, un poquito tortuoso, y eso no lo reflejaba más que con su timidez, con su aislamiento o su separación de los demás. No tenía una relación fácil con los demás, aunque era una persona de trato grato, amable. Ella nunca planteaba problemas.

JAVIER DEL PINO: Para quienes no conocíamos a este grupo, Esperpento, al que usted también pertenecía, háblenos un poco de él. ¿Qué hacían?

ALFONSO GUERRA: Bueno, nosotros éramos un grupo de teatro que se llamaba entonces grupo de cámara, grupo de teatro no profesional o grupo independiente, y éste fue un grupo un poco rupturista dentro de la cultura sevillana. Sí había mucha afición al teatro, pero había muchos grupos de teatro de cámara entonces, y nosotros rompimos algunas cosas. Por ejemplo, representábamos a Brecht, representábamos al más agrio Valle-Inclán..., en fin, éramos un poco díscolos, pero yo creo que se consiguió una calidad alta.

JAVIER DEL PINO: ¿Y siente algún tipo de melancolía o de nostalgia por la ilusión de esos años, por esa efervescencia cultural?

ALFONSO GUERRA: Bueno, la nostalgia, dosificada, es algo atractivo, placentero. Vivir sólo del recuerdo, de lo que pasó, no, pero de vez en cuando una cierta llamada de aquella época... Era una época muy interesante, en la que la llegada al compromiso, no digo político..., compromiso social, compromiso contra el exilio interior que se padecía… Los padres de Adelaida padecían el exilio interior, afectados por la guerra y la dictadura, y entonces ver la llegada de las personas con ese compromiso era muy atractivo.

JAVIER DEL PINO: ¿Después de toda aquella época usted siguió la pista de Adelaida, leyó los libros o… supo algo de ella?

ALFONSO GUERRA: Claro, los libros claro que los he leído, no sólo lo más conocido de ella, que es *El Sur*, aunque se cita poco un librito que es continuación, que va en el mismo tomo, y que a mí me parece sensacional, que es *Bene*. Y después tuve mucho interés cuando leí *El silencio de las sirenas*. Me interesó muchísimo, fue escrito en las Alpujarras, donde ella se había retirado con Víctor Erice durante cinco años. Y *El secreto de Elisa* y *Una historia perversa*, que es de los que ella prefería, en los que hay unas relaciones de poder muy interesantes… Y su personalidad quizás se pueda buscar mejor en la soledad de la novela *La señorita Medina*. Y *El testamento de Regina* también y…, en fin, y luego, al cabo del tiempo, de bastante tiempo porque en la época de las Alpujarras yo la perdí la pista, tuve ocasión de tener alguna relación con ella porque ella participó, siempre muy discretamente, en algunos de los movimientos del mundo cultural de apoyo a la llegada de los progresistas al gobierno, al poder…, entonces, tuve oportunidad de verla, pero ya era otra persona. Ella era muy delgada de joven, y después llegó a ser una persona muy obesa, y resultaba como desconcertante hablar con ella, con una figura que no recordaba; el rostro estaba completamente distinto, no recordaba nada a la que había tratado habitualmente cuando yo tenía veintitantos años.

JAVIER DEL PINO: ¿Y ésa es la última vez que la vio?

ALFONSO GUERRA: Sí, la última vez. Después la he seguido literariamente..., lo que ha salido publicado sobre ella, que es poco, de ella se ha contado muy poco, se ha hablado muy poco, cuando es una escritora... que es un poco diferente, o un mucho diferente, al estilo imperante en la época de los años setenta y ochenta, porque ella tiene un lenguaje muy austero, mínimo, ella no quiere hacer reflexiones, ella cuenta con que el espectador haga las reflexiones, y además lo que le interesa es contar. En los años setenta y ochenta todo el mundo quería lo nuevo, experimentar, hacer cosas nuevas; después de James Joyce todo el mundo quería algo novedoso; ella no se enredaba en lo novedoso, ella contaba con sencillez, y sus temas, como bien saben los lectores, eran la soledad sobre todo, la muerte y el amor.

JAVIER DEL PINO: Pues fíjese este testimonio y este perfil que nos describe de esta mujer, qué contraste con lo que te contaban, Luis, el otro día un amigo tuyo sobre lo que había pasado últimamente con ella, ¿no?, que había pedido... ¿cómo era?

LUIS ALEGRE: No, que un amigo mío me contó que Adelaida le había llamado hace relativamente poco para pedirle cincuenta euros y poder viajar en autobús de Sevilla a Madrid porque un hijo suyo se encontraba en dificultades y quería estar allí con él para ayudarle, pero enseguida le volvió a llamar para decirle que ya estaba todo resuelto. Me impactó mucho esto de los cincuenta euros para poder coger un autobús.

ALFONSO GUERRA: Bueno, me estás recordando la anécdota de Antonio Machado cuando Leonor enferma en París y le pide trescientas pesetas prestadas a Rubén Darío para poder traer a la mujer a Soria.

JAVIER DEL PINO: Bueno, pues, Alfonso Guerra, le agradezco el testimonio. Buenos días.

ALFONSO GUERRA: Buenos días.

[Voz en off de la película *El Sur*:] *Me contaron que mi padre adivinó que yo iba a ser una niña. Es lo primero que de él me viene a la memoria. Es una imagen muy intensa que, en realidad, yo inventé.*

JAVIER DEL PINO: Has comentado, Luis, que García Morales tuvo una relación obsesiva con su padre, lo que recuerda mucho a la propia historia de *El Sur*.

LUIS ALEGRE: Sí, como contaba ahora mismo Alfonso Guerra, era un relato autobiográfico y Adelaida admitía que estaba fascinada por su padre, pero, como también nos ha contado Alfonso Guerra, el padre sufrió una tremenda depresión que la distanció de él y le provocó una gran amargura. En una de las pocas entrevistas que concedió, Adelaida confesó que la escritura de *El Sur* fue para ella terapéutica, y le sirvió para superar la angustia que le produjo este conflicto con su padre.

[Voz de Milagros (Rafaela Aparicio) en *El Sur*:] *Tú eres una niña, ¡deja en paz todas esas cosas! Piensa en que mañana vas a hacer la primera comunión, que va a ser uno de los días más bonitos de tu vida, como si te fueras a casar.*
[Voz de Estrella (Sonsoles Aranguren):] *Eso mismo me dice el cura, pero yo no lo entiendo.*

[Voz de Milagros:] *No, ni yo tampoco, pero es igual, el caso es que vas a ir vestida de blanco, igualita que una novia.*
[Voz de Estrella:] *Pues yo de mayor no me pienso casar.*
[Voz de Milagros:] *¿Se puede saber por qué?*
[Voz de Estrella:] *Porque todas las novias tienen cara de tontas.*

LUIS ALEGRE: Ésa era otra de las secuencias de *El Sur*, con ese diálogo entre la niña Estrella que interpretaba Sonsoles Aranguren y Milagros, el personaje de Rafaela Aparicio.

JAVIER DEL PINO: La película se titula *El Sur* pero en realidad está ambientada en el norte durante la posguerra española.

LUIS ALEGRE: Sí, sí, en la película el sur es como el paraíso perdido del padre de la niña de la protagonista, un lugar al que quiere volver pero que en la película sólo aparece evocado, al contrario que en la novela, donde sí que se cuenta la vuelta al sur.

JAVIER DEL PINO: Si no recuerdo mal, el rodaje además desató una gran polémica entre Víctor Erice y el productor, el más famoso productor de la época, que era Elías Querejeta.

LUIS ALEGRE: Sí, y esa polémica encierra toda una historia en sí misma. Lo que ocurrió es que Elías Querejeta cortó el rodaje cuando todavía faltaba rodar, precisamente, la parte de la historia de Adelaida que transcurría en el sur. Querejeta interrumpió el rodaje por razones económicas, pero también porque pensaba que la película quedaba perfecta así, con el sur sólo evocado.

[Voz de Estrella:] *Oye, ¿es verdad que el abuelo es muy malo?*
[Voz de Milagros:] *Qué va, eso son ganas de exagerar. Además, ¿sabes una cosa? Hasta las fieras se amansan con la edad. Tu abuelo ya no es el mismo, estaría bueno. ¡Con la de cosas que han pasado y la cantidad de muertos que ha habido! Todo por las ideas. Eso sí, las peores son las de tu abuelo. Y claro, como tu padre justo pensaba lo contrario, no lo podía aguantar.*

JAVIER DEL PINO: Desde luego, si la película de Víctor Erice no se hubiera rodado, tal vez Adelaida García Morales habría sido una escritora totalmente maldita.

LUIS ALEGRE: Nunca se sabe, pero es muy probable. La película se convirtió en un clásico instantáneo del cine español, y provocó que en 1985 Anagrama publicara un libro que reunía, como decía Alfonso Guerra, dos relatos: *El Sur seguido de Bene*, que recibió una acogida extraordinaria.

JAVIER DEL PINO: Entonces quieres decir que el relato de *El Sur* no se había publicado antes de la película… En este caso el público conoció la película antes que el libro.

LUIS ALEGRE: Eso es. Víctor Erice leyó antes que nadie el manuscrito de *El Sur* y enseguida decidió hacer la película.

JAVIER DEL PINO: ¿Cómo fue la carrera de Adelaida después de la publicación de *El Sur*?

LUIS ALEGRE: Ese mismo 1985 vivió otro momento de oro cuando logró el Premio Herralde por *El silencio de las sirenas*, la novela a la que aludía antes Alfonso Guerra. *El silencio de las sirenas*, un libro que, efectivamente, recogía la experiencia de Adelaida cuando, con Víctor Erice, se retiró a vivir en las Alpujarras.

JAVIER DEL PINO: Es decir, que Adelaida tendía a proyectar su vida en toda su literatura.

LUIS ALEGRE: Sí, ella decía que escribía desde la memoria, y buena parte de sus relatos procedían de su obsesión por temas eternos como la muerte, la soledad o el amor pasional, o de su hipersensibilidad hacia los seres marginales.

JAVIER DEL PINO: Bueno, yo creo que lo que queda claro de todo este recorrido, Luis, es que Adelaida no solamente fue la escritora de *El Sur*.

LUIS ALEGRE: No, no. Llegó a publicar trece novelas, entre ellas *La lógica del vampiro*, *Las mujeres de Héctor* o *Una historia perversa*, cuyos derechos para el cine, por cierto, compró el productor Andrés Vicente Gómez. Pero desde 2001, hace trece años, no había publicado absolutamente nada.

JAVIER DEL PINO: ¿Has podido conocer la razón de ese silencio literario?

LUIS ALEGRE: En alguna entrevista su hijo Galo Almagro contó que su madre era una perfeccionista radical, que tenía un nivel de autoexigencia tal que nunca se encontraba satisfecha con lo que hacía, y la propia Adelaida había declarado alguna vez que ella no escribía para publicar, pero yo creo que también Adelaida, en los últimos años de su vida, se convirtió en uno de esos personajes marginales que a ella como escritora también le atraían.

JAVIER DEL PINO: Sí, como contabas, es un personaje que tenía que pedir dinero prestado para coger un autobús para ir a visitar a su hijo. Bueno, pues eso ya no puede ser más literario, una escritora que acaba convertida en uno de sus personajes. Adelaida García Morales, misteriosa escritora de culto, ha muerto a los sesenta y nueve años en Dos Hermanas, en el mismo sur al que siempre se asociará su nombre.

\*\*\*

De la entrevista titulada «El vampiro de Sevilla», por Luis Bayón Pereda (*El País*, 22 de mayo de 1990):

«En el salón de la casa de la escritora, sintomáticamente, una reproducción de *La chica del turbante*, de Vermeer (una chica que es una mirada), está colgada junto a uno de los caprichos de Goya, esa vampírica zarabanda de enmascarados y enmascaradas que lleva por título *Nadie se conoce*».

\*\*\*

Del artículo «El Sur llora a Adelaida García Morales», por Charo Ramos (*Diario de Sevilla*, 24 de septiembre de 2014). Declaración de Galo Almagro, hijo de Adelaida García Morales:

«En los últimos años su salud se deterioró mucho y había renunciado a escribir. Lamentaba que los últimos libros que publicó, acuciada por los problemas económicos, tal vez no estaban a la altura de su exigencia literaria. Vivía bastante recluida y se refugió en el cine, que fue otra de sus pasiones. Veía muchísimas películas».

\*\*\*

Post «Adelaida García Morales», por Hortensia Hernández (blog Hablamos de Mujeres, *La Opinión de Zamora*, 24 de marzo de 2015):

«Conocí su casa cuando ella vivía en Madrid y quedé fascinada por un cuadro clásico bellísimo, semejante a *La joven de la perla* de Vermeer. Hablamos de historias de mujeres».

## ACLARACIONES

Este libro es una obra de ficción. Todo lo que se narra es falso, y en ningún caso debe leerse como una crónica de los últimos días de Adelaida García Morales. Quiero, no obstante, señalar que parte de la historia que aquí se cuenta se inspira en dos e-mails de Rosario Izquierdo Chaparro que recibí poco después de la muerte de la autora, y que relatan una anécdota ocurrida antes de que falleciera.

E-mail del 20 de noviembre de 2014:

> Querida Elvira:
> Hoy me he acordado mucho de ti porque sé que sentiste la muerte de Adelaida García Morales. Hasta que sucedió no me enteré de que llevaba viviendo en Dos Hermanas desde hacía unos años.
> Lo comenté con mis alumnas, lamentando mucho el no haberlo sabido antes porque tal vez podríamos haberla visitado o invitado a algo de lo que hacemos. Como sabrás, este trabajo lo hago contratada por la Delegación de Igualdad.

Hoy pasé por la oficina después de mi clase en Montequinto y me contó una compañera lo siguiente: resulta que Adelaida G. M., un mes antes de morir, vino a nuestra oficina. Me sorprendió esto, pero más cuando respondió a mi pregunta de para qué: fue a pedir cincuenta euros para ir a visitar a su hijo a Madrid. Se presentó diciendo que era escritora, que vivía aquí y que necesitaba cincuenta euros para eso.

A la Delegación llegan mujeres con todo tipo de demandas, sobre todo víctimas de violencia, muchas en situaciones límite, que tienen prioridad (hay dos abogadas y una psicóloga que las atienden gratuitamente). Claro, llegar diciendo que lo único que quieres son cincuenta euros es muy raro y a nadie se le va a dar dinero así. Todavía he de enterarme de detalles, hoy no he tenido tiempo porque había que organizar un acto. El caso es que la persona que la atendió supongo que la derivaría a Asuntos Sociales o algo así, pero después lo comentó con una amiga que al parecer sabía quién era Adelaida, y que comenzó a moverse para localizarla. Y en eso estaba cuando se enteró de que acababa de morir.

¿No te parece sorprendente y muy triste? A mí me ha tenido apenada todo el día, porque la verdad, yo me la imaginaba viviendo sin apuros económicos (leí que tenía contacto habitual con Víctor Erice, etcétera). Y no es sólo ya la cuestión económica, sino el hecho de presentarte pidiendo eso en una institución así. Por más vueltas que le doy, la conclusión que saco es que tenía que estar muy desesperada y además muy ajena a la realidad, ¿no? ¿Sabes tú algo de esto, es decir, de si mentalmente estaba mal?

Voy a intentar enterarme bien de qué pasó. También me desmoraliza que no la retuvieran, pero conozco la dinámica del sitio y a veces estamos desbordadas. En fin, quería contártelo. Disculpa el e-mail largo. Estoy triste. Qué mierda de país. Un beso.

## E-mail del 2 de diciembre de 2014:

Elvira: hoy ha aparecido por la oficina la señora que sabía lo de Adelaida García Morales y he podido hablar con ella. Por fin me ha contado cómo sucedió todo. Te lo resumo, porque fue muy diferente a lo que te conté en principio.

Resulta que Adelaida estaba metida en una depresión grande y al cuidado de un hijo.

Vivían de una pensión o ayuda mínima, y no quería pedir ayuda. Era su médico el que la empujaba a acudir a los servicios de Asistencia Social. En vista de que no se decidía, consiguió hablar él con la trabajadora social para que fuera a casa de A.

La señora me ha dicho con estas palabras: «Al ver en su casa a la asistenta social, reaccionó como una gata asustada, retrocediendo ante ella». Y repitiendo: «¡Yo no quiero nada para mí, no quiero nada para mí, sólo quiero el dinero justo para ir a ver a mi hijo a Madrid y poder quedarme una noche en una pensión!».

Esto ha sucedido pocos días antes de morir. Entonces, mientras la trabajadora social buscaba una manera de poder ayudarla, el médico, que es amigo personal de la mujer con la que he hablado hoy, la llamó y se lo contó todo, pidiéndole que le ayudara a encontrar alguna fórmula para socorrer a Adelaida. Lo primero que se le ocurrió a esta señora era que había que hacerle un homenaje y por supuesto facilitarle el dinero, y por su parte empezó a mover cosas. Pero el médico le dijo que ella iba a rechazar la idea de un homenaje o algo parecido, porque estaba muy metida en sí misma y no quería saber nada del exterior.

Finalmente esta señora acudió a hablar con la trabajadora social personalmente para ver si era posible conseguirle una pensión de más dinero, y ese mismo día el médico las llamó para comunicarles que había fallecido.

Esta mujer está muy apesadumbrada por no haberle dado el homenaje pero sobre todo por pensar que Adelaida no ha podido cumplir ese último deseo de ver a su hijo. Y por el médico sabe que Víctor Erice había roto toda relación con ella.

Esto es todo, querida. Como para escribir un relato a lo Raymond Carver, vamos.

Besos fuertes.

## CRÉDITOS

Las citas de las páginas 17, 78, 79 y 80 pertenecen a la vigésima edición de *El Sur seguido de Bene* de Adelaida García Morales (1995, editorial Anagrama).

Las citas de las páginas 51, 53, 88, 96, 97 y 98 están sacadas de la película *El Sur* de Víctor Erice (1983, productores: Elías Querejeta y Jean-Pierre Fougea; coproducción España-Francia; Elías Querejeta P. C. / Chloe Productions).

Las declaraciones de Adelaida García Morales de las páginas 73 y 75 proceden de las entrevistas: «Adelaida García Morales», publicada en *El Cultural* en 2001 y firmada por Itziar de Francisco; «Jorge Herralde dice que la obra de Adelaida García Morales permanecerá», aparecida en 2014 en lainformacion.com, y «Adelaida García Morales plantea en su nueva obra la complejidad de un triángulo amoroso», publicada en 1996 en *El País* y realizada por Andrés Fernández Rubio, así como del artículo de María José Obiol «Desafíos» para *El País*, que vio la luz en 1989.

La información sobre el final elidido de la película *El Sur* de Víctor Erice procede del artículo de Javier Serrano Sánchez «*El Sur*, Víctor Erice versus Adelaida García Morales», publicado en 2011 en *La República Cultural*, y del vídeo *Víctor Erice, entrevista. La verdad sobre el rodaje de «El Sur»*, subido a Youtube el 3 de junio de 2012 por korrontoaren aurka.

En la página 73 se cita el arranque del obituario «La autora que supo desvelar el Sur», de Eva Pérez Díaz, publicado en 2014 en *El Mundo Andalucía*.

En las páginas 77 y 78 se cita un fragmento de la entrada «Adelaida García Morales» perteneciente a la web Biografías y Vidas. La enciclopedia biográfica en línea.

El dibujo y el montaje de la página 113 son obra de Rubén Bastida.

Los hitos biográficos que la realizadora selecciona sobre Adelaida García Morales y los testimonios (pp. 83-101) proceden de las siguientes fuentes (ordenadas según el año de publicación):

—Samaniego, F. (1985), «Adelaida García Morales», en *El País*, link: http://elpais.com/diario/1985/06/08/ultima/487029602_850215.html

—(1985), «Adelaida García Morales ganó el Premio Ícaro de literatura», en *El País*, link: http://elpais.com/diario/1985/12/17/cultura/503622007_850215.html

—(1985), «Adelaida García Morales, premio Herralde con una novela pasional y onírica», en *El País*, link: http://elpais.com/diario/1985/11/16/cultura/500943606_850215.html

—Obiol, M. J. (1989), «Desafíos», en *El País*, link: http://elpais.com/diario/1989/02/12/cultura/603241201_850215.html

—Bayón Pereda, M. (1990), «El vampiro de Sevilla», en *El País*, link: http://elpais.com/diario/1990/05/22/cultura/643327215_850215.html

–Malaxeverría, C. (1991), «Mito y realidad en la narrativa de Adelaida García Morales», en *Letras Femeninas*, vol. 17, n.º ½ , pp. 43-49.

–Altares, G. (1994), «El rigor y la vitalidad de una novelista inmortal», en *El País*, link: http://elpais.com/diario/1994/07/28/cultura/775346402_850215.html

–Fernández Rubio, A. (1996), «Adelaida García Morales plantea en su nueva obra la complejidad de un triángulo amoroso», en *El País*, link: http://elpais.com/diario/1996/01/23/cultura/822351603_850215.html

–Puente, A. (1997), «La idea de soledad invade la nueva novela de Adelaida García Morales», en *El País*, link: http://elpais.com/diario/1997/11/28/cultura/88067 1609_850215.html

–de Francisco, Itziar (2001), «Adelaida García Morales», en *El Cultural*, link: http://www.elcultural.com/revista/letras/Adelaida-Garcia-Morales/13341

–(2004-2016), «Adelaida García Morales», en Biografías y Vidas. La enciclopedia biográfica en línea, link: http://www.biografiasyvidas.com/biografia/g/garcia_morales.html

–Serrano Sánchez, J. (2011), «*El Sur*, Víctor Erice versus Adelaida García Morales», en *La República Cultural*, link: http://www.larepublicacultural.es/article3742.html

–korrontoaren aurka (3 de junio de 2012), *Víctor Erice, entrevista. La verdad sobre el rodaje de «El Sur»*. Recuperado de https://www.youtube.com/watch?v=CgEXzNvRthc

–Ayala-Dip, E. J. (2014), «Fallece la escritora Adelaida García Morales», en *El País*, link: http://cultura.elpais.com/cultura/2014/09/24/actualidad/1411565352_547495.html

—Cuadrado, F. (2014), «Muere Adelaida García Morales en "El sur"», en *Revista Neddelia*, link: http://neddelia.com/?p=1055

—del Pino, J., y Alegre, L. (2014), «La necrológica de Adelaida García Morales» [audio podcast], *A vivir*, Cadena SER, recuperado de http://cadenaser.com/programa/2014/10/05/audios/1412475208_660215.html

—de Pablos, M. (2014), «Adelaida García Morales, donde habite la sombra», en eldiario.es, link: http://www.eldiario.es/andalucia/desdeelsur/Adelaida-Garcia-Morales-habite-sombra_6_306629350.html

—Grosso, M. (2014), «El Sur soñado», en *El Mundo Andalucía*, link: http://www.elmundo.es/andalucia/2014/09/25/5423e1ce268e3eef3d8b4575.html

—Hevia, H. (2014), «Muere Adelaida García Morales, la autora de *El Sur*», en *El Periódico*, link: http://www.elperiodico.com/es/noticias/ocio-y-cultura/muere-adelaida-garcia-morales-autora-sur-3546263

—Jiménez, C. (2014), «No sólo cine: Sirenas y silencios», blog Sevilla Cinéfila, link: http://sevillacinefila.com/2014/11/28/

—Juristo, J. A. (2014), «Fallece Adelaida García Morales, la autora de *El Sur*», en ABC.es, link: http://www.abc.es/cultura/libros/20140924/abci-adelaida-garcia-morales-201409241121.html

—Pérez Díaz, E. (2014), «La autora que supo desvelar el Sur», en *El Mundo Andalucía*, link: http://www.elmundo.es/andalucia/2014/09/24/54228f0b22601d6c478b4576.html

—Ramos, Ch. (2014), «El Sur llora a Adelaida García Morales», en *Diario de Sevilla*, link: http://www.diariodesevilla.es/article/ocio/1862792/sur/llora/adelaida/garcia/morales.html

—Ruiz, S.A. (2014), «Los orígenes de *El Sur*», en *La Vanguardia*, link: http://www.lavanguardia.com/obituarios/20140925/54416318483/adelaida-garcia-morales-origenes-el-sur.html

—(2014), «Jorge Herralde dice que la obra de Adelaida García Morales "permanecerá"», en lainformacion.com, link: http://noticias.lainformacion.com/arte-cultura-y-espectaculos/cine/jorge-herralde-dice-que-la-obra-literaria-de-garcia-morales-permanecera_UB9XKn8eeqCorBGLMiVJg7/

—Hernández, H. (2015), «Adelaida García Morales», blog Hablamos de mujeres, *La Opinión de Zamora*, link: http://www.laopiniondezamora.es/blogs/hablamos-de-mujeres/adelaida-garcia-morales.html

—«Adelaida García Morales», escritoras.com. Literatura escrita por mujeres, link: http://escritoras.com/escritoras/Adelaida-Garcia-Morales

—«Adelaida García Morales», Wikipedia, link: https://es.wikipedia.org/wiki/Adelaida_Garc%C3%ADa_Morales

—Enamorado, V. (sin fecha), «*El Sur*, de Adelaida García Morales y Víctor Erice: dos miradas a la infancia», en *Academia*, link: https://www.academia.edu/10333182/El_Sur_de_Adelaida_Garc%C3%ADa_Morales_y_V%C3%ADctor_Erice_dos_miradas_a_la_infancia

—Martínez, Á. (sin fecha), «*El silencio de las sirenas*. Adelaida García Morales. Editorial Anagrama. Premio Herralde de Novela 1985», en *Nagari Revista de Creación*: http://nagarimagazine.com/el-silencio-de-las-sirenas-adelaida-garcia-morales-editorial-anagrama/

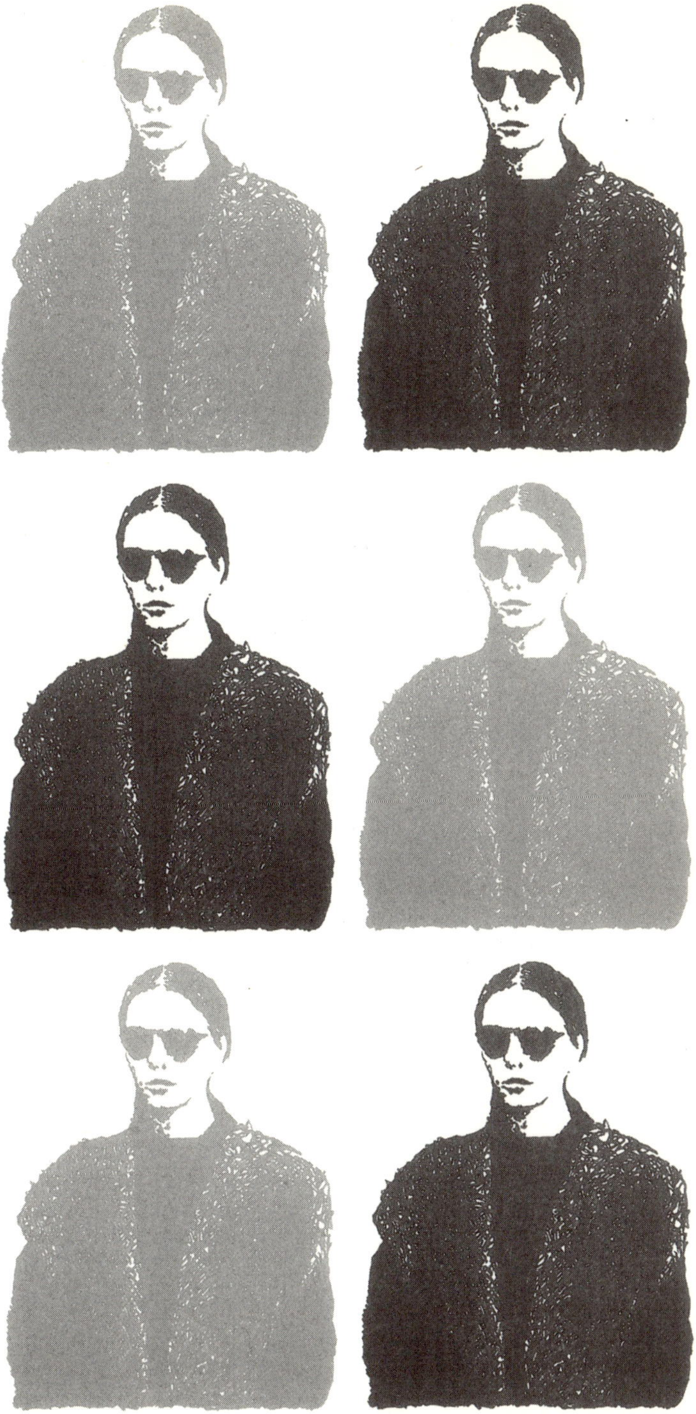

## ÚLTIMOS TÍTULOS PUBLICADOS

*Sudor*, Alberto Alberto Fuguet
*Relojes de hueso*, David Mitchell
*Eres Hermosa*, Chuck Palahniuk
*Las manos de los maestros. Ensayos selectos I*, J. M. Coetzee
*Las manos de los maestros. Ensayos selectos II*, J. M. Coetzee
*Guardar las formas*, Alberto Olmos
*El principio*, Jérôme Ferrari
*Ciudad en llamas*, Garth Risk Hallberg
*No derrames tus lágrimas por nadie que viva en estas calles*, Patricio Pron
*El camino estrecho al norte profundo*, Richard Flanagan
*El punto ciego*, Javier Cercas
*Roth desencadenado*, Claudia Roth Pierpoint
*Sin palabras*, Edward St. Aubyn
*Sobre el arte contemporáneo / En la Habana*, César Aira
*Los impunes*, Richard Price
*Fosa común*, Javier Pastor
*El hijo*, Philipp Meyer
*Diario del anciano averiado*, Salvador Pániker
*De viaje por Europa del Este*, Gabriel García Márquez
*Milagro en Haití*, Rafael Gumucio
*El primer hombre malo*, Miranda July
*Cocodrilo*, David Vann
*Todos deberíamos ser feministas*, Chimamanda Gnozi Adichie
*Los desposeídos*, Szilárd Borbély

*Comisión de las Lágrimas*, António Lobo Antunes
*Una sensación extraña*, Orhan Pamuk
*El Automóvil Club de Egipto*, Alaa al-Aswany
*El santo*, César Aira
*Personae*, Sergio De La Pava
*El buen relato*, J. M. Coetzee y Arabella Kurtz
*Yo te quise más*, Tom Spanbauer
*Los afectos*, Rodrigo Hasbún
*El año del verano que nunca llegó*, William Ospina
*Soldados de Salamina*, Javier Cercas
*Nuevo destino*, Phil Klay
*Cuando te envuelvan las llamas*, David Sedaris
*Campo de retamas*, Rafael Sánchez Ferlosio
*Maldita*, Chuck Palahniuk
*El 6º continente*, Daniel Pennac
*Génesis*, Félix de Azúa
*Perfidia*, James Ellroy
*A propósito de Majorana*, Javier Argüello
*El hermano alemán*, Chico Buarque
*Con el cielo a cuestas*, Gonzalo Suárez
*Distancia de rescate*, Samanta Schweblin
*Última sesión*, Marisha Pessl
*Doble Dos*, Gonzálo Suárez
*F*, Daniel Kehlmann
*Racimo*, Diego Zúñiga
*Sueños de trenes*, Denis Johnson
*El año del pensamiento mágico*, Joan Didion
*El impostor*, Javier Cercas
*Las némesis*, Philip Roth
*Esto es agua*, David Foster Wallace
*El comité de la noche*, Belén Gopegui
*El Círculo*, Dave Eggers
*La madre*, Edward St. Aubyn
*Lo que a nadie le importa*, Sergio del Molino
*Latinoamérica criminal*, Manuel Galera
*La inmensa minoría*, Miguel Ángel Ortiz

*El genuino sabor*, Mercedes Cebrián
*Nosotros caminamos en sueños*, Patricio Pron
*Despertar*, Anna Hope
*Los Jardines de la Disidencia*, Jonathan Lethem
*Alabanza*, Alberto Olmos
*El vientre de la ballena*, Javier Cercas
*Goat Mountain*, David Vann
*Barba empapada de sangre*, Daniel Galera
*Hijo de Jesús*, Denis Johnson
*Contarlo todo*, Jeremías Gamboa
*El padre*, Edward St. Aubyn
*Entresuelo*, Daniel Gascón
*El consejero*, Cormac McCarthy
*Un holograma para el rey*, Dave Eggers
*Diario de otoño*, Salvador Pániker
*Pulphead*, John Jeremiah Sullivan
*Cevdet Bey e hijos*, Orhan Pamuk
*El sermón sobre la caída de Roma*, Jérôme Ferrari
*Divorcio en el aire*, Gonzalo Torné
*En cuerpo y en lo otro*, David Foster Wallace
*El jardín del hombre ciego*, Nadeem Aslam
*La infancia de Jesús*, J. M. Coetzee
*Los adelantados*, Rafael Sender
*El cuello de la jirafa*, Judith Schalansky
*Escenas de una vida de provincias*, J. M. Coetzee
*Zona*, Geoff Dyer
*Condenada*, Chuck Palahniuk
*La serpiente sin ojos*, William Ospina
*Así es como la pierdes*, Junot Díaz
*Autobiografía de papel*, Félix de Azúa
*Todos los ensayos bonsái*, Fabián Casas
*La verdad de Agamenón*, Javier Cercas
*La velocidad de la luz*, Javier Cercas
*Restos humanos*, Jordi Soler
*El deshielo*, A. D. Miller
*La hora violeta*, Sergio del Molino

*Telegraph Avenue*, Michael Chabon
*Calle de los ladrones*, Mathias Énard
*Los fantasmas*, César Aira
*Relatos reunidos*, César Aira
*Tierra*, David Vann
*Saliendo de la estación de Atocha*, Ben Lerner
*Diario de la caída*, Michel Laub
*Tercer libro de crónicas*, António Lobo Antunes
*La vida interior de las plantas de interior*, Patricio Pron
*El alcohol y la nostalgia*, Mathias Énard
*El cielo árido*, Emiliano Monge
*Momentos literarios*, V. S. Naipaul
*Los que sueñan el sueño dorado*, Joan Didion
*Noches azules*, Joan Didion
*Las leyes de la frontera*, Javier Cercas
*Joseph Anton*, Salman Rushdie
*El País de la Canela*, William Ospina
*Ursúa*, William Ospina
*Todos los cuentos*, Gabriel García Márquez
*Los versos satánicos*, Salman Rushdie
*Yoga para los que pasan del yoga*, Geoff Dyer
*Diario de un cuerpo*, Daniel Pennac
*La guerra perdida*, Jordi Soler
*Nosotros los animales*, Justin Torres
*Plegarias nocturnas*, Santiago Gamboa
*Al desnudo*, Chuck Palahniuk
*El congreso de literatura*, César Aira
*Un objeto de belleza*, Steve Martin
*El último testamento*, James Frey
*Noche de los enamorados*, Félix Romeo
*Un buen chico*, Javier Gutiérrez
*El Sunset Limited*, Cormac McCarthy
*Aprender a rezar en la era de la técnica*, Gonçalo M. Tavares
*El imperio de las mentiras*, Steve Sem Sandberg
*Fresy Cool*, Antonio J. Rodríguez
*El tiempo material*, Giorgio Vasta

*¿Qué caballos son aquellos que hacen sombra en el mar?*, António Lobo Antunes
*El rey pálido*, David Foster Wallace
*Canción de tumba*, Julián Herbert
*Parrot y Olivier en América*, Peter Carey
*La esposa del tigre*, Téa Obreht
*Ejército enemigo*, Alberto Olmos
*El novelista ingenuo y el sentimental*, Orhan Pamuk
*Caribou Island*, David Vann
*Diles que son cadáveres*, Jordi Soler
*Salvador Dalí y la más inquietante de las chicas yeyé*, Jordi Soler
*Deseo de ser egipcio*, Alaa al-Aswany
*Bruno, jefe de policía*, Martin Walker
*Pygmy*, Chuck Palahniuk
*Señores niños*, Daniel Pennac
*Acceso no autorizado*, Belén Gopegui
*El método*, Juli Zeh
*El espíritu de mis padres sigue subiendo en la lluvia*, Patricio Pron
*La máscara de África*, V. S. Naipaul
*Habladles de batallas, de reyes y elefantes*, Mathias Énard
*Mantra*, Rodrigo Fresán
*Esperanto*, Rodrigo Fresán
*Asesino cósmico*, Robert Juan-Cantavella
*A Siberia*, Per Petterson
*Renacida*, Susan Sontag
*Norte*, Edmundo Paz Soldán
*Toro*, Joseph Smith
*Némesis*, Philip Roth
*Hotel DF*, Guillermo Fadanelli
*Cuentos rusos*, Francesc Serés
*A la caza de la mujer*, James Ellroy
*La nueva taxidermia*, Mercedes Cebrián
*Chronic City*, Jonathan Lethem
*Guerrilleros*, V. S. Naipaul
*Hilos de sangre*, Gonzalo Torné
*Harún y el Mar de las Historias*, Salman Rushdie

*Luka y el Fuego de la Vida*, Salman Rushdie
*Yo no vengo a decir un discurso*, Gabriel García Márquez
*El error*, César Aira
*Inocente*, Scott Turow
*El archipiélago del insomnio*, António Lobo Antunes
*Un historia conmovedora, asombrosa y genial*, Dave Eggers
*Zeitoun*, Dave Eggers
*Menos que cero*, Bret Easton Ellis
*Suites imperiales*, Bret Easton Ellis
*Los buscadores de placer*, Tishani Doshi
*El barco*, Nam Le
*Cazadores*, Marcelo Lillo
*Algo alrededor de tu cuello*, Chimamanda Ngozi Adichie
*El eco de la memoria*, Richard Powers
*Autobiografía sin vida*, Félix de Azúa
*El Consejo de Palacio*, Stephen Carter
*La costa ciega*, Carlos María Domínguez
*Calle Katalin*, Magda Szabó
*Amor en Venecia, muerte en Benarés*, Geoff Dyer
*Corona de flores*, Javier Calvo
*Verano*, J. M. Coetzee
*Lausana*, Antonio Soler
*Snuff*, Chuck Palahniuk
*El club de la lucha*, Chuck Palahniuk
*La humillación*, Philip Roth
*La vida fácil*, Richard Price
*Los acasos*, Javier Pascual
*Antecedentes*, Julián Rodríguez
*La brújula de Noé*, Anne Tyler
*Yo maldigo el río del tiempo*, Per Petterson
*El mundo sin las personas que lo afean y lo arruinan*, Patricio Pron
*La ciudad feliz*, Elvira Navarro
*La fiesta del oso*, Jordi Soler
*Los monstruos*, Dave Eggers
*El fondo del cielo*, Rodrigo Fresán
*El Museo de la Inocencia*, Orhan Pamuk

*Nueve lunas*, Gabriela Wiener
*El libro de la venganza*, Benjamin Taylor
*Una mañana radiante*, James Frey
*Un asunto sensible*, Miguel Barroso
*Ciudades de la llanura*, Cormac McCarthy
*La deuda*, Rafael Gumucio
*La oreja de Murdock*, Castle Freeman Jr.
*Anatomía de un instante*, Javier Cercas
*Jerusalén*, Gonçalo M. Tavares
*Intente usar otras palabras*, Germán Sierra
*Manituana*, Wu Ming
*Un recodo en el río*, V. S. Naipaul
*Mecanismos internos*, J. M. Coetzee
*Tierras de poniente*, J. M. Coetzee
*Ministerio de Casos Especiales*, Nathan Englander
*Una isla sin mar*, César Silva
*Indignación*, Philip Roth
*Mi nombre es Legión*, António Lobo Antunes
*Hijos de la medianoche*, Salman Rushdie
*La encantadora de Florencia*, Salman Rushdie
*Inquietud*, Julia Leigh
*Mate Jaque*, Javier Pastor
*El lobo*, Joseph Smith
*Caballeros*, Klas Östergren
*Trauma*, Patrick McGrath
*El comienzo de la primavera*, Patricio Pron
*Otros colores*, Orhan Pamuk
*Árbol de Humo*, Denis Johnson
*Lecturas de mí mismo*, Philip Roth
*Nuestra pandilla*, Philip Roth
*La novela luminosa*, Mario Levrero
*Pekín en coma*, Ma Jian
*La familia de mi padre*, Lolita Bosch
*Quédate a mi lado*, Andrew O'Hagan
*El Dorado*, Robert Juan-Cantavella
*La balada de Iza*, Magda Szabó

*Milagros de vida*, J. G. Ballard
*Mal de escuela*, Daniel Pennac
*El invitado sorpresa*, Gregoire Bouillier
*Equivocado sobre Japón*, Peter Carey
*La maravillosa vida breve de Óscar Wao*, Junot Díaz
*Todavía no me quieres*, Jonathan Lethem
*Profundo mar azul*, Peter Hobbs
*Cultivos*, Julián Rodríguez
*Qué es el qué*, Dave Eggers
*Navegación a la vista*, Gore Vidal
*La excepción*, Christian Jungersen
*El sindicato de policía yiddish*, Michael Chabon
*Todos los hermosos caballos*, Cormac McCarthy
*Making of*, Óscar Aibar
*Muerte de una asesina*, Rupert Thomson
*Acerca de los pájaros*, António Lobo Antunes
*Las aventuras de Barbaverde*, César Aira
*Sale el espectro*, Philip Roth
*Juegos sagrados*, Vikram Chandra
*La maleta de mi padre*, Orhan Pamuk
*El profesor del deseo*, Philip Roth
*Conocimiento del infierno*, António Lobo Antunes
*Meridiano de sangre*, Cormac McCarthy
*Rant: la vida de un asesino*, Chuck Palahniuk
*Diario de un mal año*, J. M. Coetzee
*Hecho en México*, Lolita Bosch
*Europa Central*, William Vollmann
*La carretera*, Cormac McCarthy
*La solución final*, Michael Chabon
*Medio sol amarillo*, Chimamanda Ngozi Adichie
*La máquina de Joseph Walser*, Gonçalo M. Tavares
*Hablemos de langostas*, David Foster Wallace
*El castillo blanco*, Orhan Pamuk
*Cuentos de Firozsha Baag*, Rohinton Mistry
*Ayer no te vi en Babilonia*, António Lobo Antunes
*Ahora es el momento*, Tom Spanbauer

*Robo*, Peter Carey
*Al mismo tiempo*, Susan Sontag
*Deudas y dolores*, Philip Roth
*Mundo maravilloso*, Javier Calvo
*Veronica*, Mary Gaitskill
*Solsticio de invierno*, Peter Hobbs
*No es país para viejos*, Cormac McCarthy
*Elegía*, Philip Roth
*Un hombre: Klaus Klump*, Gonçalo Tavares
*Estambul*, Orhan Pamuk
*La persona que fuimos*, Lolita Bosch
*Con las peores intenciones*, Alessandro Piperno
*Ninguna necesidad*, Julián Rodríguez
*Fado alejandrino*, António Lobo Antunes
*Ciudad total*, Suketu Mehta
*Parménides*, César Aira
*Memorias prematuras*, Rafael Gumucio
*Páginas coloniales*, Rafael Gumucio
*Fantasmas*, Chuck Palahniuk
*Vida y época de Michael K*, J. M. Coetzee
*Las curas milagrosas del Doctor Aira*, César Aira
*El pecho*, Philip Roth
*Lunar Park*, Bret Easton Ellis
*Incendios*, David Means
*Extinción*, David Foster Wallace
*Los ríos perdidos de Londres*, Javier Calvo
*Shalimar el payaso*, Salman Rushdie
*Hombre lento*, J. M. Coetzee
*Vidas de santos*, Rodrigo Fresán
*Guardianes de la intimidad*, Dave Eggers
*Un vestido de domingo*, David Sedaris
*Memoria de elefante*, António Lobo Antunes
*La conjura contra América*, Philip Roth
*El coloso de Nueva York*, Colson Whitehead
*Un episodio en la vida del pintor viajero*, César Aira
*La Habana en el espejo*, Alma Guillermoprieto

*Error humano*, Chuck Pahniuk
*Mi vida de farsante*, Peter Carey
*Yo he de amar una piedra*, António Lobo Antunes
*Port Mungo*, Patrick McGrath
*Jóvenes hombres lobo*, Michael Chabon
*La puerta*, Magda Szabó
*Memoria de mis putas tristes*, Gabriel García Márquez
*Segundo libro de crónicas*, António Lobo Antunes
*Drop city*, T. C. Boyle
*La casa de papel*, Carlos María Domínguez
*Esperando a los bárbaros*, J. M. Coetzee
*El maestro de Petersburgo*, J. M. Coetzee
*Diario. Una novela*, Chuck Palahniuk
*Las noches de Flores*, César Aira
*Foe*, J. M. Coetzee
*Miguel Street*, V. S. Naipaul
*Suttree*, Cormac McCarthy
*Buenas tardes a las cosas de aquí abajo*, António Lobo Antunes
*Elizabeth Costello*, J. M. Coetzee
*Ahora sabréis lo que es correr*, Dave Eggers
*Mi vida en rose*, David Sedaris
*El dictador y la hamaca*, Daniel Pennac
*Jardines de Kensington*, Rodrigo Fresán
*Canto castrato*, César Aira
*En medio de ninguna parte*, J. M. Coetzee
*El dios reflectante*, Javier Calvo
*Nana*, Chuck Palahniuk
*Asuntos de familia*, Rohinton Mistry
*La broma infinita*, David Foster Wallace
*Juventud*, J. M. Coetzee
*La edad de hierro*, J. M. Coetzee
*La velocidad de las cosas*, Rodrigo Fresán
*Vivir para contarla*, Gabriel García Márquez
*Los juegos feroces*, Francisco Casavella
*El mago*, César Aira
*Las asombrosas aventuras de Kavalier y Clay*, Michael Chabon

*Cíclopes*, David Sedaris
*Pastoralia*, George Saunders
*Asfixia*, Chuck Palahniuk
*Cumpleaños*, César Aira
*Huérfanos de Brooklyn*, Jonathan Lethem
*Algo supuestamente divertido que nunca volveré a hacer*, David Foster Wallace
*Entrevistas breves con hombres repulsivos*, David Foster Wallace
*Risas enlatadas*, Javier Calvo
*Locura*, Patrick McGrath
*Las vidas de los animales*, J. M. Coetzee
*Los frutos de la pasión*, Daniel Pennac
*El señor Malaussène*, Daniel Pennac
*Infancia*, J. M. Coetzee
*Desgracia*, J. M. Coetzee
*La pequeña vendedora de prosa*, Daniel Pennac
*La niña del pelo raro*, David Foster Wallace
*El hada carabina*, Daniel Pennac
*La felicidad de los ogros*, Daniel Pennac
*Un viaje muy largo*, Rohinton Mistry
*Páginas de vuelta*, Santiago Gamboa
*Cómo me hice monja*, César Aira
*Un perfecto equilibrio*, Rohinton Mistry
*Ema, la cautiva*, César Aira
*Perder es cuestión de método*, Santiago Gamboa
*Los boys*, Junot Díaz
*Noticia de un secuestro*, Gabriel García Márquez
*Ojos de perro azul*, Gabriel García Márquez
*La mala hora*, Gabriel García Márquez
*Doce cuentos peregrinos*, Gabriel García Márquez
*Los funerales de la Mamá Grande*, Gabriel García Márquez
*El coronel no tiene quien le escriba*, Gabriel García Márquez
*Cien años de soledad*, Gabriel García Márquez
*El otoño del patriarca*, Gabriel García Márquez
*Crónica de una muerte anunciada*, Gabriel García Márquez
*Relato de un náufrago*, Gabriel García Márquez

*El amor en los tiempos del cólera,* Gabriel García Márquez
*La increíble y triste historia de la cándida Eréndira y de su abuela desalmada,* Gabriel García Márquez
*La hojarasca,* Gabriel García Márquez
*Del amor y otros demonios,* Gabriel García Márquez
*El olor de la guayaba,* Plinio Apuleyo Mendoza y Gabriel García Márquez